VERLAG
Kleine Fische

SIE ZEICHNET ROSEN,
SCHNÖRKEL, STERNE
AUS BEWEGUNG.

Paul Valery
Die Seele und der Tanz

EIN GÖTTLICHES KIND

Dem Glück ist es egal, woher es kommt. So kommentiert eine Lehrerin von Mitte Vierzig für sich die Tatsache, dass eine 16-jährige Eiskunstläuferin eine Veränderung in ihr Leben gebracht hat „wie eine einzige Kaktusblüte sie in einer Wüste aus Sand, Dornen und Steinen bewirken kann“.

Als Kind wünschte sie sich, eine Prinzessin zu sein, bis sich dieser Wunsch in dem Gefühl ihrer totalen Durchschnittlichkeit auflöste. Dabei ist sie eine Frau mit einer reichen Empfindungs- und Gedankenwelt, musikalisch, mit einem angeborenen Formgefühl und Schönheitssinn. Allerdings verfügt sie über keinerlei Talente, mit denen sie diese Gaben ausleben könnte. So blieb sie immer „Helga Drei“, wie sie in der Schule gerufen wurde.

Queeny – als koreanisches Findelkind in einem katholischem Kinderheim in Berlin aufgewachsen – ist eine junge, außergewöhnlich begabte Eiskunstläuferin, die schon mit 16 Jahren zum Star geworden ist. Sie träumt davon, bei den Olympischen Spielen 2018 in Südkorea eine Medaille zu gewinnen und ihrem Idol Yuna Kim zu begegnen.

Eines Tages gerät Helga Drei durch Zufall in eine Fernseh-Übertragung von der Eiskunstlauf-Weltmeisterschaft und entdeckt Queeny. In ihrer Anmut, Musikalität und Ausdruckskraft erblickt sie etwas, wonach sie sich immer gesehnt hat. Das Bild der Eisläuferin lässt sie nicht mehr los und verführt sie schließlich zu einer Handlung, bei der sie zum ersten Mal ihre unerlösten Gefühle und Fähigkeiten ausdrücken kann und „Helga Drei“ hinter sich lässt. Eine Begegnung zwischen zwei völlig unterschiedlichen Menschen aus unterschiedlichen Welten beginnt.

Und dann ist da noch das Idol aus der Realität. Die koreanische Eiskunstlauf-Olympiasiegerin Yuna Kim, die weltweit Millionen Menschen mit ihrem Eislauf und ihrer Persönlichkeit bezauberte.

Uwe Prieser wurde in Bremen geboren.
Als Reporter bereiste er alle fünf Kontinente und veröffentlichte 1997 seinen ersten Roman „Yumikos Unschuld“.
Seine Reportagen wurden mehrfach ausgezeichnet, u. a. 1993 mit dem renommierten Egon-Erwin-Kisch-Preis.

Impressum

1. Auflage · Oktober 2015

Inhaberin: Karin Raschke
Schöne Reihe 2
27305 Bruchhausen-Vilsen
Telefon 04252 93868-0
www.verlag-kleinefische.de

Lektorat: Imke Sörensen
Gestaltung: Christoph Karnebogen
Umschlagfotos: shutterstock.com / Sportlibrary, shutterstock.com / Dmitrydesign
Druck: Humburg, Bremen

ISBN 978-3-9815666-3-5

UWE PRIESER

EIN GÖTTLICHES KIND

ROMAN

Anstelle eines Vorworts

Liebe Yuna Kim,

weil ich nicht sicher bin, ob es mir gefallen würde, das Vorbild zu einer literarischen Figur zu sein, bitte ich Sie vorsichtshalber um Entschuldigung. Denn die Eiskunstläuferin Queeny in diesem Roman habe ich nach Ihrem Bild geschaffen. Ich habe dafür nur eine einzige Erklärung: Ich konnte nicht anders.

Die Idee zu diesem Roman kam mir, als ich über die Wirkung nachdachte, die Sie auf viele Millionen Menschen in Korea und in der Welt haben. Als Eiskunstläuferin, aber auch als Person.

In einem der Internetforen ihrer Fans fand ich einen berührenden Satz zu Ihrem Abschied vom Eiskunstlauf: „…was sie uns hinterlassen hat und das uns alle zusammengebracht hat, wird für immer in unseren Herzen bleiben."

„Das uns alle zusammengebracht hat...“ Millionen Menschen, so unterschiedlich sie auch sind in Herkunft, Alter, Bildung, Wünschen, Interessen, haben in Ihrem Eislauf und in Ihrer Persönlichkeit etwas gefunden, das sie miteinander verbindet.

Damit haben Sie etwas erreicht, was in meinen Augen zu den höchsten Zielen eines Künstlers gehört: Die Herzen der Menschen zu berühren. In ihnen etwas lebendig zu machen, das zwar jenseits ihrer eigenen Möglichkeiten, jedoch innerhalb ihrer Vorstellungs- und Erfahrungswelt liegt, weil es zu ihrer Persönlichkeit gehört. Zugleich geht es über das rein Persönliche hinaus und verbindet so den Einzelnen mit anderen.

Eine Schwierigkeit bestand darin, dass die Handlung des Romans in Deutschland spielt, Queeny jedoch wie eine Koreanerin aussehen muss. Deshalb habe ich sie zu einem koreanischen Mädchen gemacht, das ohne Eltern in einem katholischen Kinderheim in Berlin aufwächst.

Sie ist sieben Jahre alt, als ihr Talent bei einem Ferienkurs entdeckt wird. Und so, wie Michelle Kwan Ihr Vorbild war, hat auch Ihre „literarische Schwester“, wenn ich sie einmal so nennen darf, ein Idol: Natürlich Yuna Kim.

Wie meine Romanfigur Queeny werden künftige Generationen junger Eiskunstläuferinnen versuchen, auf ihre Weise eine neue Yuna Kim zu werden. Und ich hoffe, dass darin der Versuch, ein literarisches Ebenbild von Ihnen zu schaffen, seine Rechtfertigung findet.

Ihr
Uwe Prieser

Queenys Traum

In der Osterwoche des Jahres 2001 erschütterte das Gesicht eines kleinen Mädchens ganz Berlin und die Menschen in der Region.

Man stieß bei der morgendlichen Zeitungslektüre im Lokalteil darauf und an den folgenden Abenden wurde es im Regionalfernsehen ausgestrahlt mit der Frage: Wer kennt dieses Kind? Sie sei etwa zwei Jahre alt und spräche in Lauten, die nicht zu identifizieren seien.

Man hatte sie an einem Vormittag im Bahnhof Zoo entdeckt, wo sie ganz ruhig auf einer Bank auf dem Bahnsteig saß. Einem Bahnbeamten war sie aufgefallen, weil sie ein niedliches, für ein so kleines Mädchen bemerkenswert klar gezeichnetes, beinahe erwachsenes Gesicht hatte. An den Augen erkannte man sofort die Asiatin. Ganz still habe sie dort gesessen und auf die ein- und abfahrenden Züge gesehen, gab der Bahnbeamte später zu Protokoll. Als er sie zwei Stunden später immer noch alleine dort sitzen sah, informierte er die Polizei.

Unter einem gefütterten, fliederfarbenen Anorak trug sie einen Schal und einen weißen Strickpullover mit bunten Stickereien, ein dunkelblaues Wollkleid und eine ebenfalls dunkelblaue, wollene Strumpfhose. Sie wirkte weder verwahrlost noch verlassen. Einige Kleidungsstücke, Unterzeug, eine Tube Zahnpasta und eine Zahnbürste waren in ihren bunten Kinderrucksack gestopft. Nichts deutete auf ihre Eltern oder auf ihre Herkunft hin. Man fragte bei den asiatischen Botschaften nach, bei den Fremdenheimen. Alles vergeblich. Allgemein setzte sich die Überzeugung durch, dass sie das Kind vietnamesischer Emigranten sein müsse, die vermutlich der Zigaretten-Mafia angehörten und aus irgendeinem Grund schnellstens hatten verschwinden müssen.

Einige Tage später veröffentlichten die Zeitungen noch einmal ihr Foto, diesmal in Verbindung mit dem Foto eines winzigen, kunstvoll gefalteten Papierkranichs, den man in ihrem Wollhandschuh gefunden hatte. Die Spur schien nach Japan zu führen, wo man solche Papierkraniche zum Neujahrsfest als Glücksbringer verschenkte.

Ein Professor vom Ostasien-Institut enthüllte schließlich in einem Leserbrief ihre tatsächliche Nationalität. Er hatte unter der Lupe am Flügelrand des Kranichs ein kleines, verblasstes Schriftzeichen entdeckt und als Hangul identifiziert. Hangul ist die Schriftsprache von Korea. In Korea, erklärte er in seinem Leserbrief, sei der Kranich ein Symbol für Liebe und Glück.

Eine nunmehr gezielte Anfrage bei der Botschaft von Südkorea blieb abermals ergebnislos. Es gab keinen Hinweis auf ihre Identität. Eine Nachfrage bei Korean Airways ergab, dass eine beträchtliche Anzahl Koreaner in der vergangenen Woche nach Seoul geflogen seien. Auch einige Kleinkinder seien darunter gewesen, jedoch keine Familie, die ein Kind für den Flug angemeldet, die Reise dann aber allein angetreten hatte. Die Eltern des Kindes blieben unauffindbar. Hinweise auf ein Verbrechen gab es nicht. Das kleine Mädchen war nun ein Fall für die Behörden. Sie wurde in einem katholischen Kinderheim untergebracht und zur Adoption freigegeben.

Nachdem zwei Jahre verstrichen waren und sich niemand für eine Adoption gemeldet hatte, gab man ihr nach einigem behördlichen Hin und Her einen Vornamen und einen Familiennamen. Absichtsvoll wurden Namen gewählt, die es zu

Hunderttausenden gab. Es genügte, dass sie anders aussah. Einige Ordensschwestern sprachen sich dafür aus, sie taufen zu lassen und ihr einen katholischen Taufnamen zu geben. Die Oberin aber meinte, ihre Eltern seien wahrscheinlich Buddhisten und man müsse eine andere Religion respektieren. Wenn sie in ihrem Kinderheim bleiben sollte, würde man ihr eines Tages ihre Geschichte erzählen und dann sollte sie selbst entscheiden, ob sie getauft werden wolle.

Sie war etwa vier Jahre alt, als sie dann doch ihren eigenen Namen bekam. Die Nonnen selbst gaben ihn ihr, mehr aus Spaß und einer zärtlichen Regung heraus, die mit Verwunderung über dieses fremde Kind gemischt war, das so still und in sich gekehrt war und niemals von sich aus mit anderen redete, obwohl sie ein fröhliches Kind und offensichtlich gerne mit anderen zusammen war. Sprach man sie an, war sie zugänglich, aber scheu. Sie war zu schüchtern, um Erwachsenen direkt ins Gesicht zu sehen. Erwischte man jedoch ihren Blick, war man im ersten Moment verblüfft von dem offenen, geradezu furchtlosen Ausdruck in ihren dunklen Augen.

Lachen sah oder hörte man sie nur, wenn sie mit anderen Kindern über den Hof rannte, beim Hüpfspiel auf den Gehwegplatten vor dem Haus oder beim Seilspringen. Dann sah man auch, welch eine Energie in ihrem schmalen Körper steckte, eine Wildheit, dass man bloß staunen konnte. Diese Wildheit war jedoch nur die andere Seite desselben Wesenszuges, der sich auch zeigte, wenn sie still für sich ein Bild malte. Alles was sie tat, geschah mit einer beinahe beängstigenden Konzentration und Intensität.

Es war offensichtlich, dass sie in einer eigenen Welt lebte, zu der niemand Zugang hatte. Wenn sie sich freute, glitt nur ein Schimmer über ihr Gesicht. Missfiel ihr etwas, sah man gar nichts darauf. Ihr Gesicht war dann einfach leer. Und doch war deutlich zu erkennen, was in ihr vorging, denn ihr Körper drückte aus, was sie sich nicht zu sagen getraute oder nicht sagen wollte oder wofür sie keine Worte hatte. Natürlich dauerte es eine ganze Zeit, bis man sie zu begreifen begann.

Zwischen den anderen Kindern fiel sie allein schon durch ihre Körperhaltung auf. Ein anmutiger, kindlicher Stolz lag darin, der in einem seltsamen Kontrast zu ihrer Schüchternheit stand. Sie wirkte wie eine kleine, perfekte, unnahbare Königin. Daher ihr Name: Queeny.

Jeden Morgen wenn Queeny erwachte, war sie so froh. Es gab keinen bestimmten Grund dafür. Sie war froh, wenn sie das Tageslicht durch die langen, bis auf den Boden reichenden hellen Vorhänge am Fenster schimmern sah, über das Geräusch der Straßenbahn, die auf der Hauptstraße vorüberfuhr und sie geradewegs in den neuen Tag mitnahm, und sie freute sich auf das Morgengeläut der Glocke in dem kleinen Turm auf dem Dach der Kapelle.

Inzwischen war sie fast sieben Jahre alt und in die Schule gekommen. An ihre ersten beiden Jahre im Kinderheim hatte sie keine Erinnerung. Niemals hatte sich ihr die Frage gestellt, weshalb sie hier sei. Es war ihre Welt. Doch diese Welt war porös geworden. Etwas, von dem sie nichts wusste, war in sie eingedrungen.

Wenn wieder einmal ein Kind aus ihrer Gruppe für ein Wochenende abgeholt wurde, stand sie oft hinterher lange vor einem der großen Fenster im Korridor und sah auf die Straße hinaus. In den Fenstern der Häuserreihe auf der anderen Straßenseite tauchten ab und zu Menschen auf. Sie konnte ihren Blick nicht abwenden und sah zu ihnen hinüber, bis sie wieder verschwanden. Über den Dächern war der große Himmel, in den die Straßenbäume hineinragten. Jedes Mal kam dann eine Unruhe über sie. Die Straße, die Häuser, die Bäume vor dem Himmel, das alles verschwamm, als zögen durchsichtige Schatten darüber hin.

In den Schatten war etwas und bewegte sich. Sie wollte unbedingt sehen, was es war. Doch so sehr sie sich auch anstrengte, es blieb undeutlich. Manchmal war sie ganz dicht davor, es zu erkennen. Dann konzentrierte sie sich so sehr darauf, dass alles verschwand. Durch die blassen Umrisse ihres Spiegelbildes fiel ihr Blick auf die Häuser der anderen Straßenseite, die leeren Fenster, die Straßenbäume vor dem Himmel und auf einmal war ihr nach Weinen. Sie wandte sich um, ging den wochenendleeren Korridor hinunter und in ihr Zimmer zurück. Ihr weißer Strickpullover mit den bunten Stickereien war ihr längst zu klein geworden, doch sie hatte sich stets geweigert ihn wegzugeben. Sie holte ihn aus ihrem Schrankfach, legte ihn auf das Kopfkissen in ihrem Etagenbett und unter dem Aroma, das aus den alten Fasern strömte, schlief sie bald ein.

Die Weihnachtsferien verbrachten viele Kinder in Familien oder bei Paten außerhalb des Kinderheims. Für die Zurückbleibenden wurden Kurse organisiert. In diesem Jahr gab es einen Ferienkurs Schlittschuhlaufen. Die Eisbahn lag unter freiem Himmel. Nebenan gab es eine geheizte Eishalle, doch die war für die Eishockeyspieler und Eiskunstläufer des Klubs reserviert. In einem Vorraum der Eishalle sollten sie sich ihre

Schlittschuhstiefel für die Dauer des Kurses aussuchen. Es gab weiße, cremefarbene, braune, schwarze Schlittschuhstiefel. Jeder wollte weiße und sie stritten sich, weil nicht genug für alle da waren. Queeny starrte auf ein Paar rote Stiefel mit gelben Schnürbändern, die sie auf einem separaten Bord entdeckt hatte.

„Möchtest du die“? fragte ein Mann, der Schlittschuhe untergeschnallt hatte mit blauen Plastikschienen unter den Kufen, damit sie auf dem Fußboden nicht schmutzig und stumpf wurden. Sie nickte stumm, ohne den Blick von den Schlittschuhstiefeln zu wenden. Als sie zu ihm aufsah, musste der Mann ein Lachen unterdrücken. „Dann wollen wir mal sehen, ob sie dir passen.“ Er nahm die Schlittschuhstiefel aus dem Bord, weitete die gelbe Verschnürung, so dass sie hinein schlüpfen konnte. Sie strahlte. „Bist du schon mal Schlittschuh gelaufen?“ Sie schüttelte den Kopf.

„Macht nichts. Du wirst es schon lernen. Diese hier sind eigentlich nicht für Freizeitläufer, sondern für unsere Eiskunstläuferinnen im Klub.“

„So kleine?“

„Wenn man eine gute Eiskunstläuferin werden will, muss man schon ganz früh mit dem Training anfangen. Am besten, noch ehe man in die Schule kommt.“

„Ich bin in der ersten Klasse." Der Mann musterte sie. Im Verhältnis zu ihrem Rumpf hatte sie sehr lange Beine, ihr Oberkörper war schmal, auch ihre Arme waren für ihre Gestalt sehr lang. Eben hatte er über den rührenden Ausdruck auf ihrem Gesicht, mit dem sie auf die Schlittschuhe sah, noch lächeln müssen. Wie sie nun, die Schlittschuhstiefel unter dem Arm, vor ihm stand, erblickte er eine Entschlossenheit darin, dass sie ihm plötzlich älter vorkam, als sie war. „Dreh dich doch mal über eine Fußspitze." Sie drehte sich. Es gefiel ihr und sie drehte sich gleich noch einmal. Getragen von ihrem Schwung, hätte sie beinahe das Gleichgewicht verloren. Doch sie balancierte es blitzschnell aus. Kerzengerade stand sie vor ihm.

„Du kannst ja ganz schön schnell drehen", sagte der Mann. „Wie heißt du denn?"

„Queeny."

Diesmal konnte er das Lachen nicht unterdrücken. Ein Schatten lief durch ihren Körper, dass es so schien, als wäre sie zwei Schritte zurückgetreten. Dabei hatte sie sich nicht vom Fleck gerührt.

„Ich habe nicht über deinen Namen gelacht. Queeny. Das ist ganz wunderbar. Ich finde, Queeny passt zu dir. Lass uns mal sehen, ob er auch zu deinem Schlittschuhlaufen passt. Ich bin hier nämlich einer der Trainer.“ Er hieß Will Heemsoth und leitete den Ferienkurs.

Der Kurs ging über zwei Wochen. Nach der ersten Woche hatte Queeny soviel gelernt, wie die Kinder aus der Eiskunstlauf-Anfängergruppe des Klubs in einem halben Jahr. „Ich hab da eine in meinem Kurs, die musst du dir mal ansehen“, sagte Will Heemsoth zu Beginn der zweiten Woche zu dem Cheftrainer Tom Tomlinson. Er erzählte ihm, was er inzwischen von einer Schwester des Stifts über ihre Herkunft erfahren hatte. Tomlinson lachte. „Korea scheint ja in Mode zu kommen.“ Im vergangenen März war eine Koreanerin Junioren-Weltmeisterin geworden und hatte das japanische Schlittschuh-Wunderkind Mao Asada besiegt, in der jeder in der Eiskunstlaufwelt die nächste Olympiasiegerin sah. Sie hieß Yuna Kim. Das Unglaubliche daran war, dass die Sportart Eiskunstlauf in Korea praktisch nicht existierte.

Am nächsten Tag kam Tomlinson zur Übungsstunde der Feriengruppe. Er blieb bis zum Schluss. Die beiden Trainer sahen Queeny nach, wie sie, in jeder Hand einen roten Schlittschuhstiefel, den anderen Kindern zum Umkleideraum hinterher rannte. „Na“, sagte Tomlinson, „da haben wir ja auch unsere Koreanerin.“ – „Hab ich doch gesagt.“

Wenig später bekam Schwester Angelika,

die Oberin des Katholischen Kinderheims, einen der ungewöhnlichsten Anrufe ihrer Dienstzeit.

„Und das kann man jetzt schon erkennen"? fragte die Oberin zum Ende des Gesprächs noch einmal ungläubig nach. „Wenn es sich um ein so außergewöhnliches Talent handelt, ja", sagte Tomlinson. Er hatte Queeny bei einer professionellen Ausbildung gerade eine internationale Karriere als Eiskunstläuferin prophezeit. „Eines Tages startet sie bei Olympia und gewinnt vielleicht sogar eine Medaille."

„Wir haben aber für eine solche Ausbildung kein Geld in unserem Budget." Auf diesen Einwand hin dachte Tomlinson einen Moment nach. Dann sagte er, der Verein werde Wege finden. Eine Woche später war nicht nur die Finanzierung ihrer Trainingsstunden und Schlittschuhe geklärt, sondern auch, dass Queeny zunächst dreimal wöchentlich nachmittags im Kinderheim abgeholt und später von der Eisbahn wieder zurückgebracht wurde.

Ihre Fortschritte vollzogen sich nicht als kontinuierliche Entwicklung, sondern sprunghaft von einer Trainingsstunde zur nächsten. Als sie ihre ersten Sprungversuche machte, stellte sich heraus, dass sie vollkommen furchtlos war. Ihre Bewegungskontrolle über ihren Körper, die Intensität und Konzentration, mit der sie trainierte, waren ihrem Alter um Jahre voraus. Anfang März sagte Heemsoth zu Tomlinson: „So eine wie die haben wir noch nie im Klub gehabt."

„So eine wie die habe ich in diesem Alter überhaupt nur ein einziges Mal gesehen", erwiderte der Cheftrainer, „Michelle Kwan." Er war Amerikaner. Ehe er nach Berlin kam, hatte er als Trainer an einem berühmten Eislauf-Trainingszentrum in den San Bernadino Bergen bei Los Angeles gearbeitet und dort auch mit Michelle Kwan trainiert, die fünfmal Weltmeisterin war und für die meisten als das Ideal einer Eiskunstläuferin galt. Doch um den Olympiasieg hatte sie zweimal vergeblich gekämpft. Jedes Mal weinten anschließend Tausende junger Eiskunstläuferinnen auf der ganzen Welt um ihr Idol.

„Das einzige, was mir Sorgen macht, ist, dass sie nicht richtig Spaß hat beim Training", sagte Heemsoth. „Glaubst du, die hat bisher auch nur ein einziges Mal auf dem Eis gelacht?"

Zu Beginn der achten Woche bekam Queeny Einzelunterricht. „Du bist immer so ernst", sagte Will Heemsoth nach einer Trainingsstunde, dabei lächelte er sie freundlich an, weil er sie nicht einschüchtern wollte. „Ich hab dich noch nie lachen sehen. Machst du es denn nicht gern?" Sie blickte ihn nur an. Es war ihr unmöglich auszudrücken, wie sehr sie es liebte. Aus diesem Gefühl heraus nickte sie stumm, so dass er nachfragte: „Du machst es nicht gern?“ Da flog ein lautloses Lachen über ihre Lippen, gerade lange genug, um in ihren Augen einen jähen Übermut aufblitzen zu lassen.

In der Pause vor dem nächsten Training saß der Trainer Will Heemsoth in seinem Raum neben der Eisbahn und lachte an seinem Tisch vor dem dampfenden Kaffee leise vergnügt vor sich hin. Gerade hatte er zum ersten Mal einen Blick in die Seele dieses kleinen, sonderbaren Mädchens geworfen.

An einem Samstagabend zwei Wochen später lag Queeny in ihrem Bett und konnte nicht einschlafen. Am Nachmittag hatten sich die Eisläufer und die Trainer des Klubs gemeinsam die Fernsehübertragung der Kürentscheidung der Damen bei der Eiskunstlauf-Weltmeisterschaft in Tokyo angesehen. Immerzu musste sie an die Eiskunstläuferin in dem hellblauen Seidenkleid denken, die die Bronzemedaille gewonnen hatte. Sie war die drittletzte Läuferin gewesen. Ehe die Musik einsetzte und ihre Kür begann, zeigte die Kamera ihr Gesicht in Großaufnahme. Es gab ihr einen kleinen Stich. Sie war so jung. Einen Moment lang kam sie ihr beinahe wie ihre Schwester vor.

In den folgenden vier Minuten geschah etwas, das Queenys Leben veränderte, indem es ihm unwiderruflich eine Richtung gab. Noch nie hatte sie etwas so Schönes gesehen, wie diese Eiskunstläuferin, die dort über das Eis schwebte. Alles was sie machte, war so schön und leicht. Und ihre Sprünge so hoch und die Musik so schön und ihr hellblaues Kleid... Es war aus Seide, wie sie aufgeschnappt hatte, als sich die Trainer hinterher über die Läuferin unterhielten.

Nun sah sie sich selbst bei einer Weltmeisterschaft in genauso einem hellblauen Seidenkleid und sie wollte auch genauso ein blaues Haarband und ihr Haar wollte sie im Nacken genauso zu einem Knoten hochstecken. Und sie wollte so schön laufen, wie sie. Als sie nun in ihrem Bett lag und sich dies alles vorstellte, nahm ihr Gesicht den gleichen seligen Ausdruck an, wie sie ihn auf dem Gesicht der Eisläuferin gesehen hatte. Doch davon wusste sie nichts. Sie wusste auch nicht, woher dieser kleine Schmerz kam, wenn sie an sie dachte. Wohl weil sie zweimal gestürzt war und nicht gewonnen hatte. Der Fernsehreporter hatte erzählt, dass sie verletzt sei und nur mit schmerzstillenden Spritzen laufen konnte.

Ihr Gedächtnis gab lediglich Bruchstücke preis, trotzdem kam es ihr so vor, als könnte sie die ganze Kür über vier Minuten auswendig. Sie ahnte nicht, dass noch Jahre vergehen mussten, ehe sie wissen würde, was sie in diesen vier Minuten alles gesehen hatte. Doch so sehr sie ihr Gedächtnis auch anstrengte, an den Namen der Eisläuferin konnte sie sich nicht erinnern. Sie hatte ihn sich nicht merken können, weil er so fremd war. So einen Namen hatte sie noch nie gehört.

Den ganzen Sonntag über dachte sie an sie und versuchte sich an ihren Namen zu erinnern. Morgen wollte sie gleich Herrn Heemsoth fragen. Aber dann fragte sie ihn doch nicht. Sie wollte, was sie erlebt hatte, ganz für sich behalten. Nach ihrem Training lief im Konferenzraum der Fernseher mit dem Schluss der Videoaufzeichnung der Damen-Kür vom Samstag. Queeny schlüpfte hinein. Vielleicht würde sie sie noch einmal sehen. Einige Trainer standen zusammen und diskutierten über den Wettbewerb. Sie hörte, wie der Cheftrainer Tomlinson sagte: „Asadas Olympiasieg können die Japaner sich abschminken. Das wird mal eine, so eine hat es noch nie gegeben." Intuitiv begriff sie, dass er von ihrer Eisläuferin sprach. Auf dem Bildschirm liefen die drei Medaillengewinnerinnen jetzt mit Blumensträußen in der Hand ihre Ehrenrunde. Eine Hand legte sich auf ihre Schulter und sie hörte Herrn Heemsoths Stimme. „Na, wen fandst du denn am besten?“ Ehe sie wusste, was sie tat, stand sie schon vor dem Bildschirm, deutete auf die Eisläuferin in dem hellblauen Seidenkleid und sagte so laut, dass sich die anderen nach ihr umdrehten: „Die!“ Alle lachten und lobten sie für ihr Urteil. Im Hinausgehen hörte sie gerade noch, wie Herr Tomlinson sagte: „Kein Wunder, die sieht ja auch genauso aus wie Yuna Kim.“

An diesem Abend sah Queeny beim Zähneputzen lange in den Spiegel. Yuna Kim, sagte sie leise vor sich hin. Es stimmte gar nicht. Sie sah überhaupt nicht so aus wie Yuna Kim. Aber wie sah sie denn aus? Warum hatte Herr Tomlinson das gesagt? Zum ersten Mal in ihrem Leben dachte sie darüber nach, wie sie aussähe. Die anderen Mädchen in ihrem Zimmer riefen schon nach ihr, weil es Zeit war, das Licht zu löschen, da kam sie zu dem Schluss, dass sie wie Queeny aussah, so wie immer. Erleichtert, aber auch ein ganz kleines bisschen enttäuscht, stieg sie in ihr Bett.

Am nächsten Tag musste sie in der Schule immerzu daran denken, was Herr Tomlinson gesagt hatte. In der großen Pause lief sie über den Schulhof und suchte nach einem Mädchen, das aussah wie Yuna Kim. Sie fand keines und abermals fragte sie sich, warum Herr Tomlinson gesagt hatte, sie sähe so aus wie Yuna Kim. Nachmittags bei den Hausaufgaben hatte sie eine Idee. Sie holte das Klassenfoto aus ihrem Schrankfach, das am ersten Schultag gemacht worden war und da fiel ihr zum ersten Mal auf, dass sie anders aussah als die anderen Mädchen. Keine hatte solche Augen wie sie, keine so eine kleine, flache Nase und so lange glänzende schwarze Haare. Schnell legte sie das Foto zwischen die Seiten ihres Heftes, damit niemand es sehen konnte. Warum sah sie anders aus als ihre Freundinnen? Wieso war ihr das noch nie aufgefallen? Ihre Freundinnen hatten es auch noch nicht gemerkt. Sie holte das Foto noch einmal hervor und betrachtete ihre Freundinnen. Kein Mädchen auf dem Foto sah Yuna Kim auch nur entfernt ähnlich. Und sie selbst? Das einzige, das sie jetzt wusste war, dass sie anders aussah als die anderen.

In der Singstunde, die die Oberin selbst gab, weil sie so gerne Klavier spielte, war sie noch so durcheinander, dass sie immer wieder den Einsatz verpasste oder sogar vergaß mitzusingen. „Was ist mit dir“, fragte die Oberin nach der Stunde. Sie wusste, dass Queeny gerne sang und diese Stunde liebte, denn sie hatte eine schöne Stimme. Und da platzte es aus ihr heraus: „Warum sehe ich anders aus?“

„Komm in zehn Minuten in mein Büro“, sagte die Oberin. So erfuhr Queeny ihre Geschichte. Als sie zu Ende war, fing sie an zu weinen. „Deine Eltern müssen in großer Not gewesen sein, als sie dich zurückgelassen haben“, sagte die Oberin. „Ich bin ganz sicher, dass sie dich sehr geliebt haben. Du sahst aus wie ein Kind, das sehr geliebt wurde.“

„Aber dann stimmt ja alles gar nicht. Dann heiß ich ja in Wirklichkeit ganz anders.“ Die Oberin erklärte ihr, weshalb sie einen behördlichen Namen bekommen musste. „Außerdem ist das ja gar nicht dein wirklicher Name. Dein wirklicher Name ist doch Queeny.“ Ein kleines Lachen stahl sich in ihre verweinten Augen. „Und mein Geburtstag? Woher wussten Sie denn meinen Geburtstag?“

„Weil ich ihn dir selbst ausgesucht habe. Wir mussten doch auch einen Geburtstag für dich finden. Der fünfundzwanzigste Februar ist der Namenstag der Heiligen Walburga. Als sie noch ein Kind war, musste ihr Vater sie verlassen und er war sehr traurig darüber. Sie wuchs ohne Eltern in einem Kloster auf, so ähnlich wie du bei uns. Und sie ist eine ganz wunderbare Frau geworden. Darum habe ich diesen Tag für dich als Geburtstag ausgesucht. Wenn du möchtest, erzähle ich dir irgendwann einmal ihre Geschichte. Du musst nicht traurig sein, Queeny. Du wirst immer geliebt und niemals verlassen sein."

Von all dem erfuhr der Trainer Will Heemsoth erst in einem Telefonat mit der Oberin. Nach einer katastrophalen Trainingswoche hatte er sie angerufen, um nachzufragen, ob im Kinderheim oder in der Schule mit Queeny etwas vorgefallen sei. Weil er wusste, dass sie niemals von sich aus etwas sagen würde, begann er nun beim Training manchmal mit ihr über Yuna Kim und über Korea zu sprechen.

Es wurde Sommer. Queeny trainierte inzwischen fünfmal in der Woche nach einem Trainingsplan, den Heemsoth und Tomlinson gemeinsam für sie entworfen hatten. Zu Beginn des Herbstes stand sie zum ersten Mal einen Doppelsprung. Wenig später gewann sie einen Anfänger-Wettbewerb. Heemsoth schenkte ihr zur Belohnung ein Smartphone, auf dem er Yuna Kims Programme von der vergangenen Weltmeisterschaft heruntergeladen hatte, den Tango de Roxanne und die Kür The Lark Ascending, bei der sie das blaue Seidenkleid getragen hatte.

An einem eisigen Dezembertag bemerkte er, dass Queeny eine halbe Stunde, bevor ihr Training in der geheizten Halle begann, auf der Eisbahn draußen alleine lief. Alleine zu trainieren, war ihr noch untersagt, weil es zu gefährlich war. Außerdem war es viel zu kalt. Er wollte sie gerade rufen, da erkannte er, dass sie eine Schrittpassage aus Yuna Kims Tango de Roxanne nachzumachen versuchte. Schon lag sie auf dem Eis. Doch so schnell, wie sie gestürzt war, stand sie auch schon wieder auf den Schlittschuhen und versuchte es gleich noch einmal. Er rief sie herein.

„So, wie Yuna Kim möchtest du gerne mal laufen, was?“ fragte er nach dem Ende des Trainings. Queeny wurde blass vor Verlegenheit. „Du hast dir schon das richtige Vorbild ausgesucht“, sagte er, „aber das ist noch viel zu früh für dich. Mit solchen Schritten fangen wir mal in drei bis vier Jahren an.“ Sie sah zu Boden. „Du musste dir Zeit lassen. Hörst du? Sieh mich an.“ – Und da sah er, dass sie sich keine Zeit lassen wollte. „Dieser kleine Satansbraten“, sagte er, als er Tomlinson davon erzählte. Auf die würde man aufpassen müssen. Zum Ende dieses Winters 2007/08 erlebte Queeny eine Offenbarung. Bei der Weltmeisterschaft in Göteborg hingen an den Tribünen große Transparente mit dem Bild von Yuna Kim und der Aufschrift „Queen Yuna“. Will Heemsoth erklärte ihr, dass sie so in der Eislaufwelt genannt werde: Queen. Queen Yuna.

In der folgenden Saison lernte sie ihre ersten beiden Dreifachsprünge. Toeloop und Salchow, die man am leichtesten erlernen konnte. Doch nur ganz wenige lernten sie bereits wie Queeny als Zehnjährige. „Wer ist Schehe…“, Sie blickte auf den Zettel, auf dem sie den Namen geschrieben hatte, „…razade?“

„Die berühmteste Märchenerzählerin der Welt“, antwortete ihr Trainer. „Hast du nie die Märchen aus 1001. Nacht gelesen?“ Es war der 29. März 2009, der Tag, nachdem Yuna Kim in Los Angeles zum ersten Mal Weltmeisterin geworden war. Mit einer Kürmusik aus Rimskij-Korsakows Suite „Scheherazade“. Bei der Siegerehrung hatte sie auf dem Podest geweint. Auch Queeny musste vor dem Fernseher die ganze Zeit schlucken. Als es vorbei war, rannte sie zur Toilette, schloss sich ein und weinte ihre zurückgehaltenen Tränen heraus.

Während der Übertragung des Wettbewerbs war sie erstaunt, dass so viele Koreaner unter den Zuschauern waren. Herr Tomlinson erklärte ihr, dass nirgendwo außerhalb Koreas so viele Koreaner lebten, wie in Los Angeles. Diese Tatsache ging ihr in den folgenden Tagen ständig durch den Kopf.

Wenn sie im Internet nach Yuna Kim suchte, fiel ihr auf, dass die meisten Koreaner offenbar

Kim, Park oder Lee hießen. Ob sie vielleicht selber so hieß? Vor einiger Zeit hatte sie ein Foto von ihr entdeckt, auf dem sie einen weißen Schleier trug und betete. Sie wusste, dass sie betete, weil sie auf dem Foto genauso aussah, wie die Nonnen beim Gebet in der Stiftskapelle. Zu dem Foto gab es einen Artikel auf Englisch. Sie clickte auf den Google-Übersetzer und erfuhr, dass Yuna Kim sich im vergangenen Jahr hatte taufen lassen und zusammen mit ihrer Mutter katholisch geworden war. Auf einmal hatte sie eine Idee.

„Wie schön", sagte die Oberin, als sie ihr erzählte, sie wolle getauft werden. „Darf ich mir dann auch einen Namen aussuchen?" – „Wenn es ein katholischer Taufname ist, ja." – „Keinen koreanischen?" – „Einen neuen Familiennamen dürfen wir dir nicht geben. Aber es gibt sehr schöne Taufnamen." – „Stella", sagte Queeny. „Das ist ein wundervoller Name für dich. Ich werde mich freuen, dich eines Tages Stella zu nennen. Weißt du denn auch, was er für eine Bedeutung hat?" – „Etwas mit Maria und dem Morgenstern", antwortete Queeny. „Oh! Woher weißt du denn das?" Da flog ein lautloses Lachen über Queenys Lippen, gerade lange genug, um die Oberin einen jähen Übermut in ihren Augen erkennen zu lassen, der sie daran erinnerte, was ihr Trainer kürzlich am Telefon über sie erzählt hatte.

Queeny lieh sich aus der Schulbücherei die Märchen aus 1001. Nacht aus. Statt Scheherazade sah sie beim Lesen jedoch immer nur Yuna Kim. Weder die Geschichten von Sindbad, dem Seefahrer, Maruf, dem Schuhflicker oder dem Holzfäller Ali Baba berührten ihre Phantasie und ihr Gemüt so stark wie Yuna Kim, wenn sie sich eine ihrer Küren oder Kurzprogramme auf dem Smartphone ansah. Höchstens die Geschichte von Aladdin und die Wunderlampe. Wenn ich so eine Lampe hätte, dachte sie, dann würde ich machen, dass Yuna Kim nächstes Jahr Olympiasiegerin wird. Sie spürte wie ihr Herz klopfte. Und ich später auch.

„Dafür brauchst du nicht Aladdins Wunderlampe“, sagte Will Heemsoth amüsiert, als Queeny ihm erzählte, wozu sie sie haben wollte. Was sie für sich selbst wünschte, hatte sie allerdings für sich behalten. „Wenn die sich nicht gerade das Bein bricht, wird sie Olympiasiegerin. Hundertprozentig“ – „Wirklich?“ – „Wenn sie gesund bleibt und in Form ist, ist sie unschlagbar“, sagte er nun ernster. Wenn sie gesund bleibt und in Form ist, ist sie unschlagbar, sagte Queeny leise vor dem Einschlafen in ihr Kopfkissen hinein.

Yuna Kim blieb gesund und war in Form. Queeny trainierte hart, um die nächsten Dreifachsprünge zu erlernen, den Rittberger, den Flip und den Lutz, der der schwierigste war. Nur der Axel war noch schwieriger, aber den sprang auch nur Mao Asada, Yuna Kims große Konkurrentin um den Olympiasieg.

In Vancouver begannen die Olympischen Spiele. Die Oberin des Stifts Heiliges Herz willigte nach kurzen Bedenken ein, Queenys einzigen Wunsch zu ihrem 11. Geburtstag zu erfüllen. Und so kam es, dass Schwester Beatrice an einem Freitagmorgen kurz nach vier Uhr leise in das Zimmer schlüpfte, das Queeny sich mit drei anderen Mädchen teilte, um sie zu wecken. Sie hatte gar nicht geschlafen. Dies war der längste Geburtstag ihres Lebens.

In Berlin war es inzwischen kurz nach fünf Uhr morgens, doch in Vancouver war es erst kurz nach acht Uhr am Abend des 25. Februar, als Yuna Kim unter einem unbeschreiblichen Applaus zu ihrer Kür um den Olympiasieg auf die Eisfläche lief. Überall in dem riesigen Oval der Eishalle wehten koreanische Fahnen und Transparente mit ihrem Bild, auf denen „Queen Yuna“ stand.

Queeny versank in einen Traum, so tief und voll von seiner eigenen Wirklichkeit, dass sie ihn auch in den folgenden Jahren niemals klar von der Realität unterscheiden konnte, wenn sie Yuna Kims Olympiakür das zehnte, zwanzigste, dreißigste Mal als Video auf dem Fernseher oder als youtube auf ihrem Smartphone ansah.

Als sie aus diesem Traum erwachte, stand Yuna Kim mit hochgerissenen Armen auf der Eisfläche. Im Hintergrund machte ihr Trainer Brian Orser an der Bande Luftsprünge. Auf den Tribünen waren die Zuschauer von ihren Sitzen aufgesprungen. Der Fernseh-Reporter sagte: „Dies war ein großer Moment Eiskunstlauf-Geschichte."

Das Bild sprang um. Sie erschrak. Yuna Kim weinte. Sie lief über das Eis, hielt sich die Hand vor das Gesicht und schluchzte wie ein Kind. Die Worte des Fernsehreporters, dies sei eine Jahrhundertkür gewesen wie von einem anderen Stern, glitten nur an ihr entlang. Warum weinte sie? Erst als sie in der Mitte der Eisbahn angekommen war, zum Publikum hin knickste, mit erhobenen Armen nach allen Seiten zu den Tribünen hinauf winkte, wo die Menschen immer noch vor ihren Sitzen standen und klatschten, beruhigte sie sich. Alles war gut. Noch immer liefen die Tränen über Yuna Kims Gesicht und liefen über Queenys Hände, und da erst merkte sie, dass sie selbst heulte.

Nachmittags beim Training sprachen alle nur über die Kür und den Olympiasieg von Yuna Kim. Queeny war stolz. Schließlich war sie ihre Yuna Kim. Sie konnte noch nicht wissen, dass sie dieses Gefühl mit fünfzig Millionen Koreanern und Millionen anderen auf der ganzen Welt teilte.

Im darauf folgenden Jahr lernte sie gleich drei weitere Dreifachsprünge hinzu. Wie die besten Eiskunstläuferinnen der Welt beherrschte sie nun fünf verschiedene Dreifachsprünge und war doch erst zwölf Jahre alt. Die ersten größeren Zeitungsartikel über sie erschienen.

Gegen Ende des sechsten Schuljahres verbesserte sich ihr Englisch so frappierend, dass sie in den Klassenarbeiten plötzlich nur noch Einser und Zweier schrieb. Sie hatte im Juli mit allen anderen im Klub die Fernseh-Übertragung von der Vergabe der Olympischen Winterspiele 2018 gesehen. Yuna Kim hielt für die Bewerbung von Pyeongchang vor dem Internationalen Olympischen Komitee auf Englisch eine Rede und natürlich gewann Pyeongchang gegen München und bekam die Spiele. Nach der Übertragung fasste Queeny zwei Vorsätze: Eines Tages so gut Englisch können wie Yuna Kim und 2018 bei Olympia starten.

Nicht ganz drei Jahre später, sie war jetzt 15 Jahre alt, warf sie in einem Anfall von ohnmächtigem

Zorn ihre Schlittschuhstiefel an die Wand. Ich will nie, nie wieder eislaufen! Es war nach dem Abend, an dem Yuna Kim in Sotschi um ihren zweiten Olympiasieg betrogen worden war. Sie ging nicht mehr zum Training. Nach vier Tagen erschien Will Heemsoth im Kinderheim des Stifts. Er versuchte sie zu beruhigen. „Ich versteh dich ja“, sagte er, „das war einfach eine Sauerei, die man für die Russen gemacht hat. Aber deshalb darfst du jetzt nicht Schluss machen. In vier Jahren startest du in Pyeongchang und dann wird Yuna gerächt. Okay?“ „Warum machen die so was?“ fragte Queeny. „Warum ist die Welt nicht besser, als sie ist?“ fragte Will Heemsoth. Es klang mehr wie eine Feststellung als eine Frage.

Ein Jahr später gab Queeny ihr Debut bei der Weltmeisterschaft und gewann die Bronzemedaille. Sie lief in einem hellblauen Seidenkleid, ein hellblaues Band flatterte aus dem kleinen Ballerinenknoten, zu dem sie ihr Haar im Nacken zusammengebunden hatte. Ihr Auftritt bezauberte Millionen vor den Fernsehschirmen, darunter auch solche, die sich aus Eiskunstlauf gar nichts machten oder eigentlich an diesem Abend einen Film über Mozart ansehen wollten.

Die Geschichte von Helga Drei

Kann Schönheit ein Leben verändern? Wie oft habe ich mich das gefragt seit jenem Tag, an dem diese Geschichte begann. Ich meine keine Veränderung der äußeren Existenz, des gegebenen materiellen und biologischen Lebensrahmens, sondern eine Veränderung, wie sie eine einzige Kaktusblüte in einer Wüste aus Sand, Dornen und Steinen bewirken kann.

Schönheit vergeht, heißt es ja immer, und im ersten Moment lässt sich nichts dagegen sagen. Außer, dass es ein Gemeinplatz ist. Was verginge denn nicht? Wenn die Bedeutung von Schönheit mit dem Argument ihrer Vergänglichkeit wieder einmal heruntergespielt wird, habe ich immer den Verdacht, dass man sich bloß vor ihr schützen will. Wer sich nämlich ganz und gar auf sie einlässt, ihr sozusagen seine Seele zu Füßen legt, der ist dazu verurteilt, etwas zu lieben, dem er selbst nichts bedeutet. Das einzige Glück, das die Schönheit gewährt, ist, sich lieben zu lassen. Aber das wird mir jetzt ein bisschen zu philosophisch. Außerdem fällt es überhaupt nicht in mein Fach.

Ich bin fünfundvierzig Jahre alt, Lehrerin, ledig. Von den üblichen Stimmungsschwankungen abgesehen, verlief mein Leben in geordneten Bahnen. Nichts, das besonders erzählenswert wäre. Ich wäre auch gar nicht davon angefangen, hätte es nicht jenen Tag gegeben, an dem ich mir abends zu Hause einen meiner Lieblingsfilme ansehen wollte und in eine Übertragung vom Eiskunstlaufen geriet…

Doch ehe ich davon erzähle, sollte ich vielleicht kurz etwas zu mir selber sagen. Als kleines Mädchen wünschte ich mir immer, eine Prinzessin zu sein. Ich dachte, das wäre normal, alle Mädchen wollten das. Vermutlich entsprang dieser Wunsch jedoch lediglich dem Gefühl meiner totalen Durchschnittlichkeit. Allein schon mein Name. Ich wollte nicht Helga heißen. In unserer Klasse hatten wir gleich vier Helgas. Ich war „Helga Drei“. Prinzessin Helga! Dazu noch diese undefinierbare Haarfarbe, irgendetwas zwischen Dunkelblond und Braun. Betrachte ich mich auf alten Klassenfotos, erblicke ich ein blasshäutiges

Mädchen mit halblangen Haaren und einem völlig nichtssagenden Gesicht. In Gedanken nicke ich dann dem kleinen Mädchen von damals anerkennend zu und sage leise zu ihm: In deinem Gefühl für dich selbst hast du dich jedenfalls nicht täuschen lassen.

Zwar hatte ich Freundinnen, doch ich war auch gerne allein. Oft dachte ich mir dann Geschichten aus, in denen ich ein ganz anderes Leben führte. Ich hieß darin auch nicht mehr Helga, sondern hatte lange, mehrsilbige Phantasienamen, die wundervoll klangen. Letztlich aber blieb ich wohl doch immer die Helga, die ich war, denn auch in meinen Geschichten war ich niemals eine Prinzessin, was ja ein Leichtes gewesen wäre. Stattdessen wünschte ich mir, mit einer Prinzessin befreundet zu sein. Ich nehme an, dass dies eine Art Schutzreflex vor dem Außergewöhnlichen war, das ich zwar dunkel ersehnte, für das ich jedoch schon nach meiner damals noch unbewussten Überzeugung nicht gemacht bin.

Wenn etwas Besonderes an mir war, dann war es mein Blick für schöne Dinge, mit dem ich die mich umgebenden Erwachsenen schon früh in Erstaunen versetzte. Oft handelte es sich um Gegenstände aus unserem Haushalt, die sie bereits ihr halbes Leben lang vor der Nase gehabt hatten.

Das ist uns gar nicht aufgefallen, sagten sie dann, aber du hast recht, es ist tatsächlich sehr schön.

Heute weiß ich, dass mir etwas angeboren wurde, das man allgemein als „guten Geschmack“ bezeichnet, obwohl es noch darüber hinausgeht. Ich meine ein sicheres Gefühl für eine bestimmte Qualität, die einem Gegenstand innewohnt und die, ohne dass man gleich darauf kommt, seine Wirkung und sein Wesen bestimmt.

Im Grunde ist es reine Intuition. Wenn ich sie mir hinterher zu erklären versuche, kommen mir meine Erklärungen gegenüber dem, was mich berührt hatte, meistens so nichtssagend vor, dass ich an meinem Urteil gleich wieder zu zweifeln beginne. Das geht mir immer noch so, obwohl ich mit den Jahren in diesem Punkt doch sicherer geworden bin. In der Oberstufe und später im Studium verschaffte mir mein, ich will es mal „Schönheitssinn“ nennen, Bekanntschaften, ja sogar eine gewisse Achtung von Klassenkameradinnen und Mitstudentinnen, die so selbstbewusst und wirkungsvoll auftraten, dass sie sich normalerweise mit einer grauen Maus wie mir niemals abgegeben hätten.

Wann und wie das anfing, weiß ich nicht mehr, doch irgendwann wurde es selbstverständlich, dass man mich nach meiner Meinung oder um meinen Rat fragte, wenn es um Kleidung ging,

Schmuck, ausgefallene Farbkombinationen und ähnliches. Sieh dir das doch mal an, hieß es dann, du hast so ein gutes und sicheres Urteil. Zu einem nicht geringen Teil beruhte diese Sicherheit auf der Tatsache, dass ich gar nicht auf die Idee kam, das, was ich beurteilen sollte, eine Bluse, ein Kostüm, eine Handtasche, auf mich selbst zu beziehen. Es waren Gegenstände außerhalb meiner eigenen schmucklosen Welt. Natürlich freute es mich, dass meine Meinung den anderen etwas bedeutete.

Der Vollständigkeit halber sollte ich noch erzählen, dass ich in der Pubertät eine kurze Phase durchmachte, in der ich anders sein wollte als alle anderen. Ich trug schrille Farben und die Tatsache, dass ich sie verabscheute, gab mir ein triumphierendes Selbstgefühl, wie ich es vorher und hinterher niemals hatte. Das Haar ließ ich mir an einer Seite schräg abschneiden, spazierte in gewagten Kombinationen aus kurzen Röcken und bemusterten Strumpfhosen umher und versuchte möglichst aufreizend zu wirken. Auffällig geschminkt hingegen habe ich mich nie. Mein Gesicht eignet sich nicht dafür. Jeder Versuch es kosmetisch aufzupeppen, wäre einfach lächerlich. Soviel begriff ich selbst in jener wirren Zeit. Schließlich war ich nicht blöd.

Am liebsten wäre ich Musiklehrerin geworden. Doch wurde ich für den Studiengang Musik für das höhere Lehramt nicht zugelassen, weil ich kein Instrument spielen kann. Nicht, dass mir das Notenlesen Schwierigkeiten bereiten würde. Manchmal entdecke ich in einer Partitur sogar etwas vom Gewebe der Komposition, höre ich mir dann die Musik auf CD an und lese die Noten mit, bin ich selig und vergesse vollkommen, dass ich so etwas niemals hervorbringen könnte.

Unzählige Tränen habe ich bei meinen Versuchen vergossen, Cello und als das nicht klappte, Klavier spielen zu lernen. Bei beiden Instrumenten kam es mir so vor, als wären meine Hände zu klein und meine Finger zu dick. Natürlich ist das Unsinn, es ist ganz einfach so, dass ich motorisch völlig unbegabt bin. Der Sportlehrer meiner Schulzeit hätte dazu einiges zu erzählen. Darum scheidet auch Tanzen für mich aus, obwohl das die einzige Möglichkeit wäre, ohne ein Instrument zu beherrschen, über Musik etwas auszudrücken. Komischerweise bin ich nämlich einigermaßen musikalisch. Wenn wir früher in der Schule ein neues Lied lernten, konnte ich es meistens nach zweimaligem Hören schon mitsingen. Mit meiner Stimme ist allerdings nicht viel Staat zu machen.

Ich wählte dann Physik und Biologie als Unterrichtsfächer, machte Examen und trat mit dreiundzwanzig Jahren in den Schuldienst ein. Vermutlich bin ich keine schlechte Lehrerin. Mehr als einmal hat unser Direktor vor dem Kollegium meine Methode erwähnt, naturwissenschaftliche Vorgänge so zu vereinfachen, dass sie anschaulich werden und die Schüler sich für sie zu interessieren beginnen. Ich sitze dann an dem langen Tisch im Lehrerzimmer zwischen den anderen und wäre am liebsten unsichtbar. Ich falle einfach nicht gerne auf.

Bei unseren Schülern bin ich nicht unbeliebt, ohne dass ich sagen könnte, dass ich besonders beliebt wäre. Abgesehen davon, dass ich ihnen Stoffe vermittele und Zensuren gebe, falle ich ihnen nicht groß auf. Damit ist, wenn man so will, eines meiner Bedürfnisse schon einmal erfüllt.

Von Helga habe ich mich übrigens verabschiedet. Ende Zwanzig war ich selbstbewusst genug geworden, meinen Namen so zu verändern, dass er meinem Gefühl für das Leben mehr entsprach. Seitdem nenne ich mich Hella. Ich finde Hella klingt eleganter, melodischer. Zuerst hatte ich an Helen gedacht. Es war mir jedoch ein bisschen zu dicht an Helena. Die schöne Helena, du lieber Gott!

Die Jahre vergingen.

An dem Tag, der mein Leben veränderte, kam ich spät von einem Elternabend nach Hause. Ich ärgerte mich, weil sich die Diskussionen wieder einmal endlos hingezogen hatten. Den ganzen Tag hatte ich mich darauf gefreut, beim Abendbrot Milos Formans Mozart-Film zu sehen, den ich in der Nacht zuvor mit meinem Videogerät aufgezeichnet hatte. Nun war es zu spät dafür geworden. Ich wollte mir nur noch zwei, drei meiner Lieblinsszenen ansehen, ehe ich schlafen ging. Den Film kannte ich auswendig. Als er vor dreißig Jahren in die Kinos kam, habe ich ihn mir gleich viermal angesehen.

Die Programmiertaste an meiner Fernbedienung funktionierte nicht, deshalb hatte ich in der Nacht das ganze Band über vier Stunden durchlaufen lassen. Nun suchte ich meinen Film, spulte zurück, drückte auf gut Glück Stop, Play –

Und …

Im ersten Moment sah ich nichts als ein dahinschwebendes Hellblau, das zwei sehr lange Beine mit einem kleinen Kopf verband. Ein Haarband von dem gleichen Hellblau, das aus einem Ballerinenknoten über dem Nacken flatterte, ließ die Geschwindigkeit ahnen, mit der sich diese Erscheinung scheinbar schwerelos über eine schimmernde Eisfläche bewegte.

In einer Physikstunde bat ich einmal unsere Klassenschönheit, mir ihr seidenes Halstuch auszuleihen, um mit ihm etwas anschaulich zu machen, das wir gerade über Gravitation und Galileis Fallgesetze durchgenommen hatten. Zwei Schüler hielten das Seidentuch ausgespannt an seinen vier Zipfeln, ließen es gleichzeitig los, und das Tuch schwebte zu Boden. Es war ein bezaubernder Anblick, wie es beinahe schwerelos sank. Dabei nahm es durch die auf das Gewebe einwirkenden thermischen Kräfte eine Vielfalt von Formen an. Ein vollkommen harmonischer Bewegungsfluss, der auf das Wesen, beinahe hätte ich gesagt, den Charakter, des Materials verwies. Schönheit und Leichtigkeit.

Die Schüler verfolgten mit großer Spannung mein Experiment. Hätte ich sie in diesem Augenblick darüber abstimmen lassen, was schöner sei, unsere Klassenschönheit oder ihr herabschwebendes Seidentuch, ich bin sicher, es wäre das Tuch gewesen. Das ist nicht so verwunderlich, wie es vielleicht klingt. Ihm liegt das Phänomen zugrunde, dass äußere, also rein physikalische Bewegungen in uns eine seelische Bewegung hervorrufen können. Und zwar umso tiefer, je unmittelbarer sich eine seelische Bewegung in sie hinein projizieren lässt. Der Flug der Wolken, um nur ein

Beispiel zu nennen. Oder wenn die physikalische Bewegung selbst wie bei einem Tänzer mit einer seelischen Bewegung verbunden ist. Doch jetzt überschreite ich die Grenzen meines Fachs, mit Physik hat das kaum noch etwas zu tun.

Außerdem war es in jener Unterrichtsstunde bloß ein Seidentuch. Was ich jetzt auf dem Fernsehschirm sah... Aber wie soll ich das beschreiben? Natürlich hatte ich sofort erkannt, dass das dahinschwebende Hellblau ein Seidenkleid war. Von allen Stoffen erzeugt allein Seide die Illusion leichter als Luft zu sein. Nur dass ein Stoff, wäre er auch aus den Wolkenfasern des Morgenrots gewebt, niemals allein eine solche Anmut hervorbringen könnte. Dazu gehörte ein lebendiges Wesen.

Was in diesem Augenblick in mir vorging, kann ich nicht sagen, weil ich alles um mich herum vergessen hatte, eingeschlossen mich selbst. Ich existierte nur noch in dem, was ich sah. Die Eisläuferin war keine aus Abermillionen Lichtpunkten zusammengesetzte eindimensionale Figur mehr, sondern ein fühlbares Wesen.

Nun flog sie wie auf einem zischenden Strich diagonal über die gesamte Eisfläche rückwärts der gegenüberliegenden Bande entgegen. Sekunden vor dem Zusammenprall stieß sie die Zacke einer

Schlittschuhkufe ins Eis, schnellte über diesen Hebel zu einem Sprung in die Höhe und rotierte im Flug um ihre eigene Achse. Einen Herzschlag später krachte ihr Schlittschuh bei der Landung auf das Eis, dass die Splitter flogen – und das Wunderbare geschah. Noch in der Landung löste sich das Gewaltsame in Schwerelosigkeit auf.

Das Eigentliche des Vorgangs ist damit noch nicht ausgedrückt. Das eben noch dahinschwebende seidenleichte Hellblau war nämlich geradezu in den Sprung hinein explodiert. Falls man sich eine Explosion vorstellen kann, die statt Zerstörung reine Grazie schafft. Es war so etwas wie eine Mischung aus Nitroglyzerin und Engelsflügeln.

Man muss sich einen Felsblock vorstellen, der in einen Fluss stürzt und beim Aufprall statt unter dem emporschießenden Wasserschwall zu versinken, lautlos und leicht auf den Wellen schwimmend von der Strömung davongetragen wird. Die rohe Kraft, die sich nach Geschwindigkeit, Gewicht, Drehmoment und Aufprallwinkel exakt berechnen ließe, verschwand einfach. Als hätte sie die Grenzen der normalen physikalischen Welt überschritten in einen Bezirk, in dem sich Energie in Grazie umwandelt.

Die Kamera holte sie jetzt heran, und ich sah ihr Gesicht von nahem, schimmernd von einem

Glück, so rein und klar, wie bei einem Kind. Mit derselben Anmut, wie sie über das Eis glitt, breitete sie nun ihre Arme aus, als umarme sie etwas, das außer ihr niemand sehen konnte, weil es allein in ihrer Welt existierte. Die seelische Spannung, die sich in ihrem Körper ausdrückte und die Muskelspannung, die ihn diese Kunstwerke aus Bewegung ausführen ließ, waren zu einem Augenblick vollkommener Ruhe zusammengeflossen. Jetzt erst registrierte ich die Musik.

Es war ein Klavierkonzert von Mozart. Ich wunderte mich, dass es mir nicht sofort aufgefallen war, denn es gehört zu meinen absoluten Lieblingsstücken. Andererseits sah ich die Musik ja die ganze Zeit. Sah sie in den Schritten und Arabesken auf dem Eis, die aus der Musik selbst zu kommen schienen, in der Haltung und Form ihrer Arme, der Spannung ihres Oberkörpers, in Bewegungen, die kaum mehr waren als ein Schauer, der über ihren Rücken bis in den Nacken hinauf lief, eine Schulter streichelte und erst in ihren Fingerspitzen zu Ende war. Ihr ganzer Körper reagierte auf die Musik. So subtil, dass man den Eindruck hatte, die Klänge glitten über ihn hin wie das vom Fahrtwind bewegte Gewebe ihres hellblauen Seidenkleids. Und sie schwebte über das Eis, wie ein Wesen ohne Flügel nur schweben kann.

In dem Musikstück übernahm die Klavierstimme jetzt das Leitthema von den Bläsern und wand es wie eine silbrige Girlande durch das Gewebe der einsetzenden Violinen – erlauben Sie einer verhinderten Musiklehrerin diesen Satz! – und das Leichte und Schöne entschwebte in eine schwermütige Seligkeit. Ach, Mozart! Eine meine Lieblingsszenen in dem Mozart-Film kommt ziemlich zum Schluss. Sein senil und halb wahnsinnig gewordener Konkurrent Salieri wird durch einen Raum geschoben, Mozarts Musik erklingt. Und während er in seinem Rollstuhl dazu zu dirigieren beginnt, sagt er, jetzt spricht er wieder mit Gott.

Ein kindlicher Gedanke könnte man sagen. Aber ist es nicht so, dass in Mozarts Musik eine Reinheit und Gefühlstiefe ist, eine Versöhntheit mit der Welt, wie sie vielleicht nur ein Kind haben kann. Eine Art tiefes, unschuldiges Wissen. All das sah ich plötzlich verkörpert in einer Eiskunstläuferin, von deren Existenz ich vor einer Minute, vor einer Ewigkeit von einer Minute, noch nichts gewusst hatte.

Sie schien kleine, unsichtbare Flügel an den Fußgelenken zu haben, die den Fluss ihrer Bewegungen mal beschleunigten, mal verzögerten. Die Zeit veränderte sich, zog sich zusammen, dehnte sich aus, stand für Augenblicke still und lief weiter, so dass, und damit will ich jetzt mal wieder zu der Physiklehrerin zurückkehren, die ich schließlich bin, das Wesenhafte der Zeit erschien, nämlich dass sie eine Illusion unserer Wahrnehmung ist.

Leichtigkeit und Schönheit jedoch waren Realität. Dabei musste sie doch extrem auf ihren Körper, ihre Balance, auf ihre Position im Raum konzentriert sein, um diese Wunderwerke feinmotorischer Synchronisation zu vollbringen, während ihre Muskulatur dazu einen mechanischen Gewaltakt nach dem anderen verrichtete. Die ganze Zeit strahlte ihr Gesicht aus sich selbst heraus. Es war, ich muss es ganz schlicht sagen, denn jeder Überschwang in der Beschreibung würde Zartheit und Ausdruck dieser Gesichtszüge stören, es war wunderschön. Der Apfel, den ich vor dem schlafengehen noch essen wollte, lag unangebissen neben mir auf dem Sofa, vergessen der Elternabend, der Mozart-Film. Etwas Seltsames war mit mir geschehen. Ich war glücklich.

Als ich am nächsten Morgen erwachte, hatte ich dieses göttliche Kind gleich wieder vor Augen. Ich musste über mich selber lachen. Beim Frühstück versuchte ich dem auf den Grund zu gehen. Schließlich bin ich Physiklehrerin. Meine Welt ist an dem Prinzip von Ursache und Wirkung aufgehängt.

Wodurch kam die Bezauberung zustande, die sie auf mich ausübte?

Eigentlich wollte ich noch einmal die Physikstunde durchgehen, in der ich an diesem Tag meine Schüler mit dem Naturgesetz von der Erhaltung der Energie bekanntmachen wollte. Stattdessen beschäftigte mich bei Brötchen und Frühstücksei die Frage, worin die Emotion einer Bewegung liegt. Natürlichkeit schien mir der Schlüssel zu sein, doch mit Natürlichkeit allein ist es nicht getan.

Meine Gedanken begannen ein bisschen durcheinander zu gehen. Plötzlich war ich doch wieder bei dem Thema meiner bevorstehenden Physikstunde – Energie. Gravitation, Bewegung, Wärme, nämlich jene des Wasserfilms, auf dem ihre Schlittschuhkufen dahin glitten, waren Energien, denen sie auf dem Eis unmittelbar ausgesetzt war. Energien haben die Eigenschaft, sich ineinander umzuwandeln. In diesem Fall wurden Gravitation und Bewegung umgewandelt in Energien, die während ihres Vortrags das Publikum in der Eishalle und sogar noch mich vor dem Fernsehschirm erfassten, Magnetismus und Elektrizität. Was dabei geschah, ließ sich nicht exakt beschreiben, denn es spielte sich jenseits des Bewusstseins ab, ein Vorgang, für den es weder Worte noch

Begriffe gab. Transzendenz, dachte ich. Vor Vergnügen lachte ich auf. Das war es! Transzendierte Energie. Ich hatte soeben das Naturgesetz der Schönheit entdeckt.

Nach dem Frühstück hatte ich noch Zeit, ging zum Fernseher und spulte das Videoband zurück, um sie mir noch einmal anzusehen. Da war sie wieder, hellblau und seidenleicht. Die vollendete Grazie, nur dass sie mit Dynamit geladen war. Abermals vergaß ich alles um mich herum. Das Prinzip von Ursache Wirkung, für den Augenblick war mir das so egal.

In der Physikstunde passierte etwas Interessantes. Gerade hatte ich meinen Schülern erklärt, dass der Energievorrat der Welt immer gleich groß bliebe, weil Energie niemals verlorenginge, sondern sich lediglich wechselseitig umwandle. „Wenn beispielsweise Energie der Bewegung durch Reibung verlorengeht, entsteht dabei ein gleichgroßer Betrag an Wärmeenergie."

„Funktioniert das so auch zwischen Menschen?" fragte ein Schüler dazwischen und blickte stolz auf seinen Geistesblitz um sich. Die Frage brachte mich ein wenig aus der Fassung. Schon wollte ich antworten, dass ich als Physiklehrerin dafür nicht zuständig sei, da meldete sich ausgerechnet unsere Klassenschönheit zu Wort. Wenn sich einer in einen verliebt, begann sie, dann entsteht bei ihm doch auch Energie. Wenn er aber nicht wiedergeliebt wird, geht die doch verloren, oder nicht?“

Alles lachte. Normalerweise hätte ich jetzt mit Ablehnung reagiert und sie vermutlich ein bisschen ironisch an einen Psychologen verwiesen. Liebe, sich verlieben, das ist ein Gebiet, auf dem ich mich nicht gern bewege. Am allerwenigsten vor unserer Klassenschönheit, bei der ich immer den Eindruck habe, dass sie mich ein bisschen mit Herablassung betrachtet. Na ja, irgendwie kann ich sie sogar verstehen, aber es steht ihr einfach nicht zu.

An diesem Tag war es anders. Psychologische Exkurse sind mir als Naturwissenschaftlerin suspekt. Deshalb möchte ich meine veränderte innere Verfassung ganz schlicht und konventionell beschreiben: Ich war unbeschwerter als sonst, heiterer und damit auch gelassener. Entsprechend reagierte ich. „Ach, weißt Du“, antwortete ich und sah sie dabei lächelnd an, „die Geliebte ist ja bloß eine Projektionsfläche. Die reflektiert in einem solchen Fall seine Energie zu ihm selbst zurück. Und dann richtet er sie eben auf eine andere.“ Es war einer der wenigen Augenblicke in zwanzig Jahren Schuldienst, in denen ich andere mal zum lachen brachte.

Ganz beschwingt fuhr ich am Nachmittag nach Hause. Dabei ging mir die Frage immer noch durch den Kopf. Was hat es mit dem Energieaustausch zwischen Menschen auf sich? Gibt es da einen Energietransfer wie in der Physik? Ganz ernst nahm ich meine Frage nicht. Ich meine, wenn Liebe nach physikalischen Gesetzen abliefe, müsste sie doch berechenbar sein. Und hinterher, wenn die Erregung abgeklungen ist, wo bleibt der Energieschub dann? Verschwindet der spurlos, wie nie gewesen? Die Notwendigkeit, noch eine Klassenarbeit zu korrigieren, erlöste mich von dieser Frage.

Sie beantwortete sich schließlich von selbst, obwohl ich gar nicht mehr an sie dachte. Der Zustand meiner neuen, freudvollen Unbeschwertheit hielt nämlich an. Da war etwas, das meinem Leben eine Farbe gegeben hatte, die es vorher darin nicht gab. Genauer gesagt, hatte ich etwas erblickt, wonach ich mich ohne jede Hoffnung immer gesehnt hatte. Nun hatte ich es erlebt.

Mit der Eisläuferin war ein anderes Leben in meine Gedanken, meine Gefühlswelt eingedrungen. Eines Tages googelte ich ihren Namen. Über 200 000 Einträge! Nach und nach erfuhr ich nun etwas über ihr Leben. Von ihrer Persönlichkeit hingegen erfuhr ich nichts. Dafür musste ich sie mir schon auf dem Eis ansehen. Mitunter tagelang nicht, dann wieder zwei, dreimal am Tag. Jedes Mal war es wie das Erlebnis einer Naturerscheinung. Ein Sonnenaufgang zum Beispiel, der Anblick des Matterhorns oder eines Schneeleoparden. Schönheit, habe ich einmal gelesen, ist der Trost der Welt.

Jedenfalls nahm ich meine Umwelt, den Schulbetrieb, Kollegen, Schüler anders wahr. Ich kam mir ganz verändert vor. Nur bemerkte es niemand. Alle, Kollegen, Freundinnen, Schüler traten mir so gegenüber wie immer. Unsere Klassenschönheit betrachtete mich unverändert mit dieser leicht blasierten Herablassung, die mich an schlechten Tagen manchmal verletzt hatte. Jetzt aber machte es mir gar nichts mehr aus. Im Gegenteil, es amüsierte mich.

Der Unterschied, wie ich mich selbst empfand, und wie die anderen auf mich reagierten, war frappierend. Eines Morgens blieb ich nach dem Zähneputzen und Schminken noch vor dem Spiegel stehen und betrachtete mich. Ich weiß nicht, was ich erwartet hatte, ob ich überhaupt etwas erwartet hatte. Jedenfalls brach ich plötzlich in Gelächter aus. Die ich da im Spiegel sah, war immer noch Helga Drei. Aber trotzdem, sagte ich mir, etwas ist anders geworden. Man sieht es bloß nicht.

Äußerlich war mein Leben dasselbe geblieben, doch meine Haltung zum Leben und wie ich mich selber darin empfand, hatte sich verändert. Ich schätze, dass von den 7,3 Milliarden Menschen auf der Erde 7,2 Milliarden äußerlich ein völlig anderes Leben führen, als in ihrem Inneren. Wann fängt das an, dass das äußere und das innere Leben auseinanderdriften? In der Kindheit wahrscheinlich. Der Zauber, der von der jungen Eisläuferin ausging, beruhte nicht zuletzt auf dem Eindruck, dass ihr Inneres, ihre Persönlichkeit, ihr Charakter, ja ihre Seele, genau dem entspräche, was auf dem Eis von ihr in Erscheinung trat. Natürlich war das eine Illusion.

Die Frage war, wie viel Realität steckte in dieser Illusion. Von nichts kommt nichts. Ich dachte an meine enttäuschenden Versuche, Klavierspielen zu lernen. Wenn ich es geschafft hätte und meine Technik gut genug geworden wäre, hätte sich in der Art, wie ich ein Stück spiele, und sei es nur eine kleine Beethoven-Sonatine, irgendetwas von meiner Persönlichkeit ausgedrückt. Diese Eisläuferin, dachte ich, die macht genau das, was du dir immer gewünscht hast. Ihr Instrument ist ihr Körper, und sie ist in der Lage, mit ihm perfekt auszudrücken, was sie empfindet.

Also gehörte das, was auf dem Eis von ihr sichtbar war, doch zu ihrer Persönlichkeit. Dass sie als Person mit ihrer Erscheinung identisch war, schloss ich aus. Dann wäre sie eine kleine Göttin gewesen. Möglicherweise war sie in Wirklichkeit eine ganz andere Person und auf dem Eis trat lediglich in Erscheinung, wie sie selber gerne sein wollte, wie sie die Musik empfand und… Ja, was noch? Irgendwie ihr eigenes Verhältnis zu Schönheit und Vollkommenheit.

Es wurde Mai. Auf der Industriebrache hinter meiner Wohnung blühte das Unkraut und überwucherte wie jedes Jahr die alten stillgelegten S-Bahn-Geleise. Das Fieber, das mich in den vergangenen Wochen gepackt hatte, war zurückgegangen. Wer dachte jetzt noch an Eislaufen? Was machte eine Eiskunstläuferin im Sommer? Ich wollte in den Sommerferien eine Freundin in London besuchen.

Zwischendurch dachte ich immer wieder mal an sie – und wunderte mich über mich selber. Wie war das möglich, dass ein Mensch, den ich gar nicht kannte und der in einer völlig anderen Welt lebte als ich, so stark auf mein Lebensgefühl wirkte? Sie musste einen Teil meines Ich berührt haben, der mir selbst verborgen war. Und sie berührte es jedes Mal aufs Neue, ich brauchte bloß an sie zu denken. Irgendwie schien darin auch etwas Bedrohliches zu liegen. Es war mir egal. Vor allem war es schön. Allerdings scheute ich mich, die Video-Aufzeichnung noch einmal anzusehen. Heute weiß ich, dass ich fürchtete, der Zauber von Anmut und Schönheit, den meine Erinnerung hütete wie einen Schatz, könnte sich dabei auflösen. Nur zu bald sollte dieser Zauber mich zu schierer Verzweiflung bringen. Dabei war es das erste Mal in meinem Leben, dass ich Helga Drei definitiv hinter mir ließ.

In der Schule sind die letzten Wochen vor den Sommerferien jedes Jahr eine harte Zeit. Man kommt kaum zum Luft holen. An den Wochentagen saß ich meistens bis Mitternacht und darüber hinaus über Klassenarbeiten, Unterrichtsvorbereitungen, Vorbereitungen für Elternabende und kurz nach halb Fünf weckte mich bereits der morgendliche Chor der Vögel, die zu Hunderten in den Büschen und Bäumen des Brachlandes hausten. In diesen Wochen vor den Sommerferien bin ich ständig übermüdet. Manchmal kam mir, ausgelöst durch irgendeinen Impuls von dem entfernten Ende einer mir nicht bewussten Assoziationskette, ihr Name in den Sinn. Queeny, dachte ich dann. Und etwas lächelte in mir.

Eines Tages unterhielt ich mich in der großen Pause wieder einmal mit einem unserer Musiklehrer. Er spielte Bratsche in einem Streichquartett und wie immer fragte er mich, ob ich inzwischen endlich einmal Kammermusik gehört hätte. „Du musst nicht immer nur die großen Orchesterstücke hören“, sagte er. „Kammermusik! Ich sage Dir, in der Kammermusik sind die Kleinode der großen Musik.“

Nach der Schule fuhr ich nicht gleich nach Hause. In der Nähe vom Europa Center gibt es einen Laden mit Tausenden CDs, alten und neuen, sogar mit einer Klassik-Abteilung. Ich war lange nicht mehr dort gewesen. Obwohl ich nicht konkret nach Kammermusik gesucht hatte, fand ich doch eine Kassette mit Streichquartetten von Beethoven. Gar nicht teuer. Dann entdeckte ich noch eine CD mit zwei Beethoven-Klaviertrios, die ich in einer Anwandlung von Sentimentalität ebenfalls mitnahm. Cello und Klavier waren schließlich die beiden Instrumente, die ich vor über zwanzig Jahren verzweifelt zu erlernen versuchte.

Am Abend wollte ich tatsächlich zum ersten Mal Kammermusik hören und freute mich schon darauf, meinen Musik-Kollegen am nächsten Tag zu überraschen. Es war schon nach Zehn. Seufzend blickte ich auf den Stapel Hefte auf meinem Schreibtisch. Immerhin, zwei Drittel hatte ich durchgesehen, den Rest verschob ich auf morgen. Ich wählte eines der Klaviertrios wegen seiner ungewöhnlichen Bezeichnung. Nach wenigen Takten dachte ich schon nicht mehr daran. Da war nur noch Musik. Ich begriff sofort, dass es ein Meisterwerk war. Warum, wusste ich nicht. Auch wenn ich heute jemandem erklären sollte, weshalb es ein Meisterwerk sei, könnte ich nichts anderes antworten als: Hör es dir an, dann weißt du‘s.

Es geschah im Dritten Satz. Plötzlich sah ich sie zu dieser Musik eislaufen. So plastisch und konkret, als liefe ein Film in mir ab. Klänge, Harmonien, Rhythmus, das alles verwandelte sich in ein Wesen, das in einem hellblauen Seidenkleid über eine Eisfläche schwebte. Es war wie eine Offenbarung. Ich sah meine Eisläuferin bei Schritten, Drehungen, tänzerischen Passagen, die ich niemals zuvor bewusst gesehen hatte. Wie aus dem Nichts quollen sie aus meinem Inneren hervor. Ausdrucksformen, wie ich sie mir möglicherweise undeutlich gewünscht hatte, als ich noch davon träumte, eine Prinzessin zu sein. In diesem Augenblick wurden sie lebendig, hervorgerufen durch Beethovens Musik und meine Erinnerung an diese junge Eiskunstläuferin.

Dann war das Stück zu Ende. Der Begleittext zur CD erklärte, woher das Stück seinen Namen hatte. Seine Wirkung aber erklärte er nicht. Wie auch? Musik ist Musik und Worte sind Worte. Das Verbindende scheint mir lediglich darin zu bestehen, dass beide innere Bilder erzeugen können. Darüber dachte ich jedoch erst später nach, als ich damit begann, Bilder für diese Musik zu erfinden. Bilder von Queeny in ihrem hellblauen Seidenkleid. An diesem Abend hörte ich mir das Stück gleich noch einmal an und anschließend noch zweimal nur den dritten Satz. Adagio Cantabile.

„Hör mal", sagte ich anderentags in der großen Pause zu meinem Musik-Kollegen und summte ihm die ersten Takte des dritten Satzes vor. „Kennst du das?" – „Na klar. Warte..." Ich sah, wie es in ihm arbeitete. „Beethoven. Woher hast du das denn?" Ich sagte es ihm. Er schüttelte den Kopf, und grinste vor Freude. „Ja und dann, stell dir vor...", begann ich und erzählte, wie ich beim Hören plötzlich meine Eiskunstläuferin dazu hätte eislaufen sehen. „Ich weiß nicht, woher diese Bewegungen kamen, Schrittpassagen, Arabesken. Die waren plötzlich einfach da, als hätte die Musik sie in mir hervorgebracht."

„Bist du verrückt", unterbrach er meinen seligen Erinnerungsstrom. „Du kannst Beethoven doch nicht vertanzen. Von einer Eisläuferin!“ Er sah mich an, als hätte ich sie nicht alle. „Aber warum nicht? Sie ist wunderbar. Sie ist die Musik selbst, wenn sie läuft.“

„Beethoven vertanzen“, sagte er nur. „Das ist doch nicht Johann Strauss.“ Für diesmal rettete mich der Gong, der das Ende der großen Pause anzeigte, vor einem musikästhetischen Strafgericht. Es brach am nächsten Tag über mich herein. Beethoven ist nicht Johann Strauss. Was soll man darauf sagen? Eingeschüchtert traute ich mich nicht ihm zu erzählen, dass sie im Wettkampf nach einem Klavierkonzert von Mozart gelaufen war. Ich hatte seiner Musik-Autorität nichts entgegenzusetzen, außer dass ich, als ich mir abends zu Hause das Adagio wieder anhörte, sie dazu eislaufen sah.

Es wurde Juni. In den wenigen Stunden, in denen ich mich aus der Umklammerung meines Lehrerinnendaseins befreite, hörte ich jetzt Beethovens Kammermusik. Und immer wieder den dritten Satz des Klaviertrios. Jedes Mal sah ich sie dazu auf dem Eis. Hinterher war ich emotional leer. Leer und verlassen. In dem Augenblick, da die Musik zu Ende war, war auch meine Eisläuferin verschwunden. Und was blieb zurück? Eine traurige Helga Drei, die niemals in der Lage sein würde, dem Wunderbaren, das sie erfuhr, einen eigenen Ausdruck zu geben.

Das sind doch alles bloß Einbildungen, sagte ich mir. Außerdem waren die Bilder aus meinem Inneren blasser geworden, wenn ich die Musik hörte. Manchmal war es bloß noch eine Erinnerung daran, dass sie dagewesen waren. Phantasiegebilde sind eben nicht besonders haltbar, wenn sie nicht mit der Realität zu verbinden sind. Die Folge war, dass meine konkrete Erinnerung an Queeny, wie sie zu dem Klavierkonzert gelaufen war, wieder lebhafter wurde und sich mit Beethovens Musik vermischte. Eines Abends sah ich mir nach langer Zeit doch wieder Queenys Mozart-Kür in dem hellblauen Seidenkleid an, schaltete jedoch den Lautsprecher des Fernsehers aus und hörte stattdessen parallel dazu vom CD-Player das Adagio Cantabile.

Etwas Überraschendes geschah. Allerdings fiel es mir nicht sofort auf. Diese Tatsache unterstreicht jedoch nur die Wirkung und die Wahrhaftigkeit dessen, was ich erlebte. Natürlich passten die Schritte, Drehungen, Pirouetten und Sprünge, die Queeny nach Mozarts Klavierkonzert vollführte, im Timing nicht auf die Musik von Beethoven. Doch die Emotion, die in ihren Bewegungen und auf ihrem Gesicht lag, schienen immer wieder aus der Musik hervorzugehen, die ich hörte. Beethovens Musik und ihr Körper gehörten in diesem Moment derselben Tonart an. Nur Rhythmus und Tempo waren unterschiedlich.

Das wäre was, wenn man das zusammenfügen könnte, dachte ich und ahnte nicht, dass dieser Gedanke etwas auslöste, das nicht nur meinen Sommer beherrschte, sondern bis heute in mein Leben hineinwirkt.

Im ersten Moment nahm mir mein Entschluss den Atem. Du bist verrückt, sagte mein Verstand. Du musst es tun, sagte mein Herz. Die großen Sommerferien standen unmittelbar bevor. Ich hatte Zeit. Und wenn es nicht klappt, sagte ich mir, dann hast du ja nichts verloren. Damit war es beschlossen. Ich würde aus den 13:33 Minuten Spieldauer des Adagio Cantabile eine 4:00 Minuten lange Fassung zurechtschneiden. Einc Eislaufmusik für Queeny. Vier Minuten, soviel wusste ich inzwischen, dauerte eine Eislaufkür. Und wenn du es tatsächlich schaffst, dann machst du eine CD daraus und schickst sie ihr.

Ich sagte meinen London-Besuch ab und begann aus der wunderbarsten Musik eine Kürmusik herauszuschneiden, die ein Echo auf einen der wunderbarsten Eindrücke meines Lebens war.

Zum ersten Mal hatte ich es in der Hand, einem überwältigenden Gefühl selbst Ausdruck und Form zu geben. Ein seliges Martyrium begann.

Von nun an hörte ich jeden Tag nur noch den 3. Satz aus dem Klaviertrio. 13:33 Minuten, viermal, fünfmal, sechsmal hintereinander. Und wieder sah ich Queeny dazu in ihrem hellblauen Seidenkleid über das Eis schweben. Betrachtete sie mit einer Intensität, dass man sagen könnte, ich verwandelte mich in sie. In meinen glücklichsten Momenten verlor ich jedes Gefühl, ich selbst zu sein. Das bedeutete nicht, dass ich meinen Blick für die Wirklichkeit verlor, sie wurde nur unvorstellbar erweitert. Nun aber musste, was bislang eine beliebige und flüchtige Vorstellung gewesen war, Form und Zusammenhang bekommen. Ich liebte das ganze Stück von dreizehneinhalb Minuten und musste neuneinhalb Minuten daraus streichen. Vor allem aber musste ich die Stellen des Stücks finden und festhalten, zu denen man überhaupt eislaufen konnte. Die man „vertanzen" konnte, wie mein Musik-Kollege sagen würde.

Tagelang, nächtelang, inzwischen hatten die Ferien begonnen, hörte ich das Stück und timete die Stellen aus, zu denen ich Queeny deutlich vor meinem inneren Auge eislaufen sah. Im ersten Entwurf war ich bei 9:14 Minuten, im zweiten bei

7:34 Minuten angelangt, von denen ich meinte, keine weitere Sekunde mehr opfern zu können – und 214 Sekunden mussten noch geopfert werden.

Wenn es nur das Opfern der Sekunden gewesen wäre! Die Stücke, die ich aus der Musik herausschnitt und auf meinen Kassettenrecorder überspielte, mussten auch zusammenpassen, um den melodischen Fluss und den Charakter der Musik zu erhalten. Passte die Sequenz von 5:02 bis 5:39 musikalisch mit der Sequenz von 9:14 – 9:46 zusammen? Wie ließ sich der herrliche Einsatz des Klaviers bei 2:03 einbauen, wo es das Thema von den Streichern in einer schnellen Bewegung weiter entwickelte? Wie ich in diesen Wochen die Berufsmusiker um ihr Gehör beneidete. Die wussten aus ihrem angeborenen und hoch trainierten Klanggedächtnis heraus sofort, wie die Sequenz von 2:58 bis 3:24 mit dem Stück zu verbinden war, das bei 6:46 Minuten begann. Und ich hatte bloß meinen altmodischen Kassettenrecorder mit seinen Nebengeräuschen, auf dem ich mit unvollkommenen Schnitten, weil ich meistens mit der Stop- und der Play-Taste nicht exakt den melodischen Punkt traf, meinen Traum von einer Kürmusik für Queeny zusammenstoppelte. Den Gedanken, dass ich, falls mir mein Vorhaben tatsächlich gelänge, meinem Musik-Kollegen beichten müsste,

Beethoven für meine Eisläuferin vertanzt zu haben, verdrängte ich erst einmal. Er besaß nämlich einen Computer, mit dem man Musiken nahtlos schneiden und zusammenfügen konnte.

In der zweiten Woche hatte ich acht Musikausschnitte in die engere Wahl genommen, die, wie ich glaubte, für eine Eislaufkür in Frage kämen. Nun brauchte ich nur noch die richtige Kombination, um sie auf vier Minuten zusammenzuschneiden. Es wurde also konkret. Und da erst fiel mir ein, dass sie ja nicht in meiner Fantasie danach laufen sollte, sondern in einem Wettkampf. An welche Stelle in der Musik passte ein Sprung, wo eine Pirouette, eine Sprungkombination? Bislang hatte ich ausschließlich an die musikalische Architektur der Eislaufkür gedacht. Doch zu dieser Architektur gehörten technische Bauteile wie zum Beispiel ein dreifacher Lutz. Der Name eines Sprungs, den ich in der Fernseh-Übertragung aufgeschnappt hatte.

Also lud ich mir über das Internet das Reglement des Eiskunstlaufs herunter und erfuhr, dass in einer Damenkür elf technische Elemente zu präsentieren waren. Sprünge, Sprungkombinationen, Pirouetten, Schritt-Sequenzen. Meine Arbeit begann noch einmal von vorne. Das machte gar nichts, denn nun war ich als Physikerin gefordert.

Ich analysierte die vier Kürminuten, die mich vor vier Monaten so bezaubert hatten, nach ihren technischen und dynamischen Parametern. Wie von selbst lernte ich dabei Queenys Kür auswendig. Für die Vorbereitung zu ihrer Sprungkombination aus dreifachem Flip und dreifachem Toeloop gleich zu Beginn ihrer Kür brauchte sie fast als zehn Sekunden, die Sprungkombination selbst vollzog sich vom Absprung bis zum Auslauf in nicht ganz drei Sekunden, eine eingesprungene Sitzpirouette nahm vom Einstieg bis zum Ende der letzten Drehung rund neun Sekunden Zeit in Anspruch, die Spiralschrittsequenz quer über die Eisbahn dauerte mit Vorbereitung und Auslauf etwa eine halbe Minute, für einen dreifachen Lutz oder Flip brauchte sie mehr Vorbereitungszeit als für einen dreifachen Salchow, der ein einfacherer Sprung war. Zwischen den einzelnen technischen Elementen musste es kurze Erholungsphasen geben, ästhetische Überleitungen im Fluss der Musik von einem Element zum nächsten. Eine Eislaufkür bestand schließlich nicht bloß aus der Summe ihrer technischen Schwierigkeiten. Die technischen Elemente waren bloß Bausteine für das höhere Prinzip von Ausdruck und Form, aus dem die Schönheit hervorging.

Kurzum: Es war hoffnungslos. Ich war keine Choreographin, ich verstand zuwenig vom Eiskunstlauf. Aber du verstehst etwas von Physik, sagte ich mir, hier geht es schließlich um Zeiteinheiten, Raumaufteilung, Geschwindigkeit. Vor allem aber liebte ich die Schönheit. Um die Darstellung dessen abzuschließen, das mir während dieser Zeit am Tag die Ruhe und in der Nacht den Schlaf raubte, zugleich aber eine unerschöpfliche Energiequelle war: Es galt eine Struktur zu finden, in der die vorgegebenen technischen Elemente realisierbar waren und durch ihre Verbindung die Emotion und den Charakter der Musik wiedergaben, zu denen sie vorgetragen wurden.

Es war wie ein Fieber. Immer wieder musste ich ausgewählte Musiksequenzen anders miteinander kombinieren oder gegen andere austauschen. Ich hörte die Musik im Original, in meinen immer noch zu langen verschiedenen Schnittfassungen, sah mir zwischendurch Queenys Kür wieder an. Sah das letzte Tageslicht über den Pappeln an der nordwestlichen Ecke des Brachlandes schwinden, und als die Vögel in den Büschen zu lärmen begannen, fiel das Licht, das von der anderen Himmelsseite neu heraufstieg, über meine Hände, die den Kassettenrekorder noch umschlossen und ich erwachte aus einem kurzen Schlaf, der stets traumlos war. Der Traum war schließlich mein Tagwerk. Und Ende Juli, genau am 21. Juli, ich habe es in meinem Kalender festgehalten, war es vollbracht. 4:01 Kürminuten für Queeny aus Beethovens Klaviertrio.

Mein Musik-Kollege setzte mir die Musik nahtlos auf seinem Computer zusammen. Großzügig hatte er mir meine Sünde vergeben, Beethovens Musik für eine Eisläuferin zu vertanzen. Er sah sie sich sogar auf dem Video an. Als es zu Ende war, sagte er erstmal gar nichts. Ich wartete. „Das hätte Mozart gefallen", sagte er und grinste. Ich merkte, wie ich vor Freude rot wurde: „Vielleicht sieht er sie ja vom Himmel." Er lachte: „Jedenfalls ist sie ein himmlisches Kind."

Ein letztes Problem tauchte auf, an das ich noch nicht gedacht hatte. Ich musste ihr zu der CD einen Brief schreiben, in dem ich ihr etwas zur Musik sagte und wie ich auf die Idee gekommen sei. Damit aber musste ich ihr auch etwas von mir selbst schreiben. Erst jetzt wurde mir wieder bewusst, was während meiner Arbeit an der Musik scheinbar aufgehoben war, der ungeheuere Abstand zwischen ihrer und meiner Welt. Wie kam eine Lehrerin mittleren Alters, von der außerhalb ihrer kleinen privaten Welt und der Schule niemand Notiz nahm, dazu, einem sechzehn Jahre alten internationalen Sportstar, denn das war sie bereits, wie ich aus den Veröffentlichungen über sie erfahren hatte, eine Musik zu schaffen, zu der sie auftreten sollte? Ich schüttelte den Kopf über mich selber. Ein Beethoven-Stück für die Prinzessin, gewidmet von Helga Drei.

Am Unkompliziertesten wäre es gewesen, wenn ich die Musik spontan an sie abgeschickt hätte. Das hatte ich nun verpasst. Lass es sein, sagte ich mir. Die lebt doch auf einem anderen Planeten. Es war wunderbar, diese Musik zusammenzubauen, aber damit hat es sich jetzt auch. Das wahre Glück liegt im Tun und nicht in dem, was daraus wird. Man muss sich nicht groß mit Philosophie beschäftigt haben, um das zu begreifen. Als ich mich damit zu trösten begann, kam es mir allerdings ein bisschen wie ein Glück für die Kleinmütigen vor. Außerdem war die Musik so schön. Selbst mein Musik-Kollege hatte mir zugestanden, dass es ein sehr gelungener Zusammenschnitt geworden sei. Ich hörte die Musik. Ich dachte an meinen Brief. Ich sah sie mir in ihrem hellblauen Seidenkleid auf dem Video an. Ich sagte mir, wer kleinmütig ist, hat seine Träume nicht verdient.

Mit jedem Tag, den die CD auf meinem Schreibtisch lag, holte mich Helga Drei weiter ein. Helga Drei, die ich doch zum ersten Mal in meinem

Leben hinter mir gelassen hatte. Längst war der August angebrochen. Über dem Brachland brütete der Sommer. Die Nächte brachten kaum Kühlung. Ich konnte nicht schlafen, stand am offenen Fenster und sah in die Nacht hinaus. Der Streifen roter Fingerhut am alten S-Bahngleis leuchtete blass unter dem Mondlicht. In klaren Sommernächten ist der Himmel so unfassbar groß. Ich summte meine Melodie und sah sie danach tanzen wie zu Beginn des Sommers. Ich dachte, dass bald die Schule begänne, der Sommer wieder einmal zu Ende ging. Mein geliebter Sommer.

Mit einem Ruck schloss ich das Fenster. Wegen der Mücken, denn gleich würde ich das Licht über meinem Schreibtisch anknipsen. Wandte mich um, ging zum Schreibtisch und begann den Brief an sie. Schrieb sachlich und knapp wie meine Kommentare unter die Arbeiten meiner Schüler. Dann schwindelte ich ein wenig, indem ich mir die Identität einer Musiklehrerin und Eiskunstlauf-Liebhaberin überstreifte, die in Düsseldorf lebte. Wenn ich mich auch scheute, meine Identität preiszugeben, so wünschte ich mir doch eine Reaktion von ihr. Also schrieb ich zu meinem Namen, der Name war unumgänglich, statt der Postanschrift lediglich meine e-Mail-Adresse auf den Umschlag. Steckte den kurzen Brief samt CD hinein und schob den Umschlag in einen anderen, größeren, den ich an eine Freundin in Düsseldorf adressierte mit der Bitte, den Umschlag mit der CD zu Queenys Händen an ihren Eislauf-Klub in Berlin zu schicken. Ich hätte tatsächlich beinahe Queeny auf den Umschlag geschrieben, überall wurde sie so genannt, auch in Zeitungen und im Fernsehen.

Queenys Traum

Queeny war reich geworden. Jetzt bin ich reich, sagte sie manchmal auf ihrem Zimmer leise vor sich hin und kicherte. Es war ein komisches Gefühl. Als spräche sie von sich selbst, wie von einer völlig fremden Person. Doch es war tatsächlich sie, und tatsächlich war sie seit drei Wochen für ihre Verhältnisse unglaublich reich.

Nun wohnte sie schon über zwei Jahre in ihrem eigenen Zimmer im Anbau des Wohnheims, obwohl Einzelzimmer erst für die Sechzehnjährigen vorgesehen waren. Mit dem Schulwechsel auf das Sportgymnasium vor drei Jahren hatte sich ihr Alltag verändert. Es war eine Schule für junge Leistungssportler, wo der Unterricht auf den Trainings- und Wettkampfplan der Schüler abgestimmt wurde. Durch ihre Trainingszeiten, die Wettkampfreisen, ihre unterschiedlichen, immer wieder wechselnden Unterrichtszeiten in der Schule, passte sie mit ihrem Tagesrhythmus in keine Zimmergemeinschaft mehr.

Auf dem Schreibschrank, an dem sie an diesem Nachmittag vor der ausgeklappten Arbeitsplatte saß, um ihre Hausaufgabe für den Deutsch-Unterricht zu beginnen, stand ein Foto in einem eisblauen 10x15 cm Plastikrahmen: Yuna Kim in dem hellblauen Seidenkleid, das sie zu ihrer Kür The Lark Ascending vor acht Jahren getragen hatte. Und rechts unten in der Ecke mit Goldstift war ihr Autogramm. Queeny hatte es bei ebay für 199,99 Dollar aus Kanada gekauft. Yuna Kim sah unglaublich jung darauf aus. Im ersten Moment dachte man „wie ein Kind". Doch es war kein Kindergesicht. Es war aber auch nicht das Gesicht einer jungen Frau. Irgendwie war es das Gesicht von einem Wesen, das es gar nicht gab. Und das war eben das Tolle, dass es sie tatsächlich gab.

Ihr Blick fiel auf das Notebook in dem breiten Mittelfach ihres Schreibschranks. Sie hatte es vor drei Wochen nach ihrer Rückkehr von der Weltmeisterschaft gekauft. Ihr dritter Platz wurde mit einem Preisgeld von 12 000 US Dollar honoriert. Ihr erstes eigenes Geld. Das Notebook war natürlich von Samsung, denn Samsung war einer ihrer Sponsoren. Unter den 138 Videos von Yuna Kim, die sie bereits bei youtube heruntergeladen hatte, waren ein halbes Dutzend Werbefilme, die sie als Model für Samsung-Produkte gedreht hatte, Kühlschränke, Klimaanlagen, Mobiltelefone... Eintausend Euro von ihrem Preisgeld hatte sie dem Stift Heiliges Herz gespendet. Aber das Kostüm für 1200 Dollar hatte sie sich nicht gekauft. Ein paar Tage hatte sie mit sich gekämpft, ob sie im Internet danach suchen sollte. Es war todchic. Das elegante Capé mit seinen geschlitzten Ärmeln, deren Innenseiten mattgelb aufschienen, sobald sie einen Arm bewegte, der abgestufte schwarze Rock. Sie seufzte, als sie jetzt wieder daran dachte. Doch es war zu früh, es passte noch nicht zu ihr.

Es war das Kostüm, das Yuna Kim im Sommer vor dreieinhalb Jahren bei ihrer Rede vor dem Internationalen Olympischen Komitee zur Olympiabewerbung von Pyeongchang für die Winterspiele 2018 getragen hatte. Es gab nur dieses eine Modell, das eigens für sie und für diesen Auftritt angefertigt worden war. Jahre später, nachdem ihr Englisch gut genug geworden war, um den Nachrichten- und Meinungsaustausch auf den verschiedenen Yuna-Kim-Foren im Internet zu verfolgen, erfuhr, sie, dass in den Tagen nach ihrem Auftritt vor dem IOC „Yuna Kim Kleidung“ der am häufigsten in Koreas Suchmaschine Naver eingegebene Begriff gewesen war. Die Nachfrage nach dem Kostüm war so groß, dass sich das Mode-Label zu einer Großproduktion des Kostüms entschloss.

Wenn ich in drei Jahren wirklich in Pyeongchang bin… Sie lächelte, schob das Heft für ihre Hausaufgabe auf die Seite und zog das Notebook hervor. Sie musste es noch einmal ansehen. Klappte den Deckel auf und fuhr den Computer hoch, um zum xten Male Yuna Kim bei ihrer Rede vor dem IOC zur Olympiabewerbung von Pyeongchang zu sehen.

„…it is hard to believe it´s only seven weeks that we met in Lausanne. Since that time I have been training harder for today than for most of my competitions and just like in Lausanne I am still a little bit nervous...” Lächelnd zeigte sie mit einem kleinen Spalt zwischen Daumen und Zeigefinger an, wie nervös sie sei und strahlte ins Publikum und in die Fernsehkameras. Queeny schüttelte den Kopf. Wie macht die das? Steht da vor dem höchsten Gremium des Weltsports, ein paar Schritte weiter sitzt ihr Staatspräsident, es geht um hunderte von Millionen Dollar, ihre Rede wird weltweit live vom Fernsehen übertragen und sie lacht die alle an, als wären sie zu ihrem Geburtstag gekommen und sie bedankte sich jetzt für die schönen Geschenke. „…ten years ago when Pyeongchang began its dream…“ Ein Englisch wie von unserem Cheftrainer aus Los Angeles. Und vier Jahre vorher, als sie nach Kanada ging, hatte sie kaum ein Wort auf Englisch herausgebracht. Wie konnte man drei Minuten lang auswendig eine Rede auf Englisch halten, ohne sich ein einziges Mal zu versprechen und alles mit Betonung wie eine Schauspielerin. Andererseits: Warum sollte die auch nervös sein? Queeny erinnerte sich an einen Blog aus dem Yuna-Forum im Internet. Bei der Präsentation der drei Olympiabewerber sieben Wochen zuvor in Lausanne sei der Pavillon von Pyeongchang ständig von grauhaarigen Honoratioren des IOC umlagert gewesen. Die alten Knacker wollten sich alle mit Yuna Kim fotografieren lassen.

Wenn sie dieses Video ansah, kam ihr Idol ihr jedes Mal fremd vor. Sie sah überhaupt nicht mehr wie eine Sportlerin aus. Eher wie eine Schauspielerin oder ein Mannequin. Doch ihr Rock war ziemlich kurz und man sah, dass sie nicht nur sehr lange, schlanke Beine hatte, sondern konnte oberhalb der Knie auch genau die Linien ihrer Muskulatur verfolgen. Auf dem Eis trug sie Strumpfhosen, da fiel es nicht auf. Hier aber sah man, wie viel Power in diesen Beinen steckte und dass es nicht die Beine von einem Mannequin, sondern von einer Athletin waren.

Tatsächlich waren es Yuna Kims Beine gewesen, die sie schließlich überzeugt hatten, als ihr vor zwei Jahren von ihren Trainern dreimal in der Woche Krafttraining mit Gewichten verordnet wurde. Anfangs hatte sie sich strikt geweigert. Sie wollte keine Muskelberge an den Oberschenkeln wie die Eisschnellläuferinnen. Heemsoth und Tomlinson erklärten ihr lang und breit, wie modernes Krafttraining funktioniere und warum ihre Muskeln an den Oberschenkeln trotz des Kraftzuwachses lang und schlank bleiben würden. Nur widerstrebend hatte sie nachgegeben, überzeugt aber war sie erst, als sie auf youtube ein Video fand, in dem Yuna an einer Kraftmaschine ihre Oberschenkelmuskulatur trainierte. Das Video mit ihrem Auftritt vor dem IOC war zu Ende. Queeny drehte sich auf dem Stuhl ein Stück zur Seite, so dass sie beide Beine ausstrecken konnte und betastete ihre Oberschenkel.

Wenn ich nach Pyeongchang komme, kauf ich es mir.

Mit einem Seufzer schob sie das Notebook ins Fach zurück und nahm sich wieder ihre Hausaufgabe vor, eine Bildbeschreibung. Ein russischer Maler hatte es gemalt, Marc Chagall.

Von dem, was sie im Deutschunterricht über ihn gehört hatte, war ihr vor allem in Erinnerung geblieben, dass er Träume gemalt hatte und damit berühmt geworden war. Jetzt sollten sie das Bild beschreiben, was sie dabei empfanden und erklären, was auf dem Bild Traum und was Wirklichkeit war. Sie begann zu schreiben. Nach einer Weile las sie durch, was sie geschrieben hatte. Es hatte überhaupt nichts mit dem zu tun, was sie empfand, wenn sie das Bild betrachtete. Traum und Wirklichkeit. Wenn sie an ihren Traum dachte, sah sie immer Yuna Kim bei ihrer ersten Weltmeisterschaft in ihrem hellblauen Seidenkleid zu The Lark Ascending. Da war ich sieben, dachte sie, und jetzt hatte ich genauso ein hellblaues Seidenkleid an und gewann bei der Weltmeisterschaft auch eine Bronzemedaille. Und da hatte sie es. Das war es. Sie griff nach ihrem Stift und begann ihre Bildbeschreibung noch einmal von vorne.

„Traum und Wirklichkeit lassen sich gar nicht genau voneinander trennen…“ Sie schrieb fast eine Stunde lang nur mit kurzen Unterbrechungen, wenn ihre Gedanken die galoppierenden Gefühle wieder einholen mussten. Als sie bei dem Gedanken angelangt war, dass auf dem Bild Traum und Wirklichkeit so ineinander übergingen, dass man gar nicht mehr wüsste, ob man sich in dem einen oder in dem anderen befände, hatte sie wohl das Bild von Chagall vor Augen, in Wahrheit aber sah sie durch das Bild hindurch auf sich selbst, auf ihr eigenes Leben als Eiskunstläuferin. Und was sie dort erblickte, interpretierte sie in das Bild von Chagall hinein. Es war ihr nicht bewusst. Auch der Kommentar von ihrem Deutschlehrer Dr. Schröder entschlüsselte sich ihr nur teilweise, als eine Woche später die Hausaufgabe zurückgegeben wurde. Er war ihr auch egal, denn sie hatte eine Eins bekommen.

Ostern war längst vergessen. Die Zeit, auf die sie sich jedes Jahr freute, hatte begonnen. Drei Wochen Ferien vom Eis. Die Weltmeisterschaft Ende März läutete jedes Jahr das Ende der Saison ein. Für Queeny bedeutete dies, drei Wochen lang nicht um halb Sechs aufstehen, von sieben bis neun Uhr Training auf dem Eis, von zehn Uhr bis nachmittags halb Vier Unterricht, ab sieben Uhr abermals zwei Stunden Training auf dem Eis. Außerdem zweimal die Woche nachmittags Ballett, einmal Massage, einmal Physiotherapie. Drei Wochen keine täglichen Schmerzen mehr an Schienbeinen, Knöcheln,. Hüften. Keine Schaumgummipolster über der Stelle an der Po-Backe auf die sie stets fiel, wenn sie beim Sprungtraining stürzte. Nur ein bisschen Ausdauertraining und Eislaufen, wie sie gerade Lust hatte. Das Schönste aber war, dass sie jetzt gemeinsam mit ihrem Trainer, der Choreographin und Cheftrainer Tomlinson neue Musiken für die Programme der nächsten Saison suchen würden, zu denen natürlich auch neue Kostüme für die Kür und das Kurzprogramm gehörten. Sie wollte in der kommenden Saison so gerne nach einer Filmmusik laufen.

Kaum hatte sie ihren Wunsch einige Tage später im Besprechungszimmer des Klubs ausgesprochen, da überzog ein Grinsen das Gesicht ihres Trainers Will Heemsoth. „Was ist?“ fragte Tomlinson. „Filmmusik wäre doch gar nicht schlecht für sie. Was meinst du denn, Christina?“ Die Choreographin Christina Surmann nickte. Heemsoth grinste immer noch. „Was grinst du denn so. Hast du schon eine Musik für sie“? fragte Tomlinson. „Miss Saigon“, sagte er bloß. Queeny wurde vor Verlegenheit blass. „Miss Saigon geht nicht“, sagte Tomlinson. „Danach ist Yuna Kim 2008 gelaufen.“ – „Eben drum“, sagte Heemsoth. Queeny sagte nichts. Sie schämte sich, weil die anderen jetzt glauben mussten, sie wolle zu derselben Musik laufen wie Yuna Kim. „Nein, nein. Miss Saigon scheidet aus“, erklärte die Choreographin. „Das Problem ist nur, dass die meisten Filmmusiken, die sich gut vereislaufen lassen, schon ziemlich abgenudelt sind." Das stimmte leider. „Man müsste etwas Asiatisches finden", meinte Tomlinson. Die Choreographin stimmte zu: „Im nächsten Jahr wird sie Siebzehn. Etwas Asiatisches, um ihren Typ zu betonen, wäre jetzt gut."

„Muss es denn unbedingt eine Filmmusik sein", fragte Tomlinson. „Sicher", erwiderte Heemsoth. Er zwinkerte Queeny über den Tisch zu und da wusste sie, dass er den Grund erraten hatte, weshalb sie in ihrer zweiten Saison bei den Senioren für ihre Kür eine Filmmusik wollte. Wieso wusste der immer alles von ihr? Yuna Kim war in ihrem zweiten Jahr bei den Senioren nämlich ebenfalls nach einer Filmmusik gelaufen. Aber nie im Leben wäre sie auf die Idee gekommen, nach derselben Musik zu laufen wie sie.

Die beiden Trainer gingen Filmmusiken durch. Christina Surmann saß mit halb geschlossenen Lidern am Tisch und beteiligte sich nicht mehr an dem Gespräch, bis die anderen aufmerksam wurden. Tomlinson sah sie fragend an „Da war mal ein Film", sagte sie gedehnt. „Ich versuche mich gerade zu erinnern, wie er hieß. Darin gab es eine wunderbare Musik. Kam ganz zum Schluss. Vielleicht komm ich noch drauf. Lasst uns weiter überlegen. Wir brauchen sowieso zwei Musiken."

„Aber keinen Walzer“, sagte Heemsoth. Queeny schnitt ihm ein Gesicht. Yuna Kim war in jener Saison im Kurzprogramm einen Walzer aus der Fledermaus von Johann Strauß gelaufen. „Ardor“, sagte die Choreographin. „Der Donauwellenwalzer wäre doch gar nicht schlecht“, meinte Tomlinson. „Danach ist Kristi Yamaguchi bei ihrem Olympiasieg gelaufen. Neunzehnhundertzweiundneunzig. Ist also lange genug her.“

„Ardor“, sagte Christina Surmann noch einmal und jetzt etwas lauter. Nun blickten alle sie an. „Der Film hieß Ardor. Ich weiß nur nicht mehr genau, wann ich ihn gesehen habe. Vielleicht zehn Jahre her.“

„Woher kam er denn“, fragte Heemsoth.

„Weiß ich nicht. Jedenfalls aus Asien.“

„Wenn die Musik so toll ist, sollten wir ihn suchen“, meinte Tomlinson, erhob sich, ging zum Pult, auf dem der Computer stand und fuhr ihn hoch. „Wie schreibt der sich denn? Mit einem r oder mit zwei r?“ Die Choreographin wusste es nicht. Sie standen nun alle am PC. Tomlinson googelte „adore“. Es kam aber bloß die deutsche Übersetzung dieses englischen Verbs: anbeten. „Anbeten wäre doch nicht schlecht“, meinte Heemsoth. Der nächste Versuch ohne das e:

„Ardor“. Wieder nichts. „Mach doch mal ardor movie“, schlug Christina Surmann vor.

Click! Alle Vier schrien gleichzeitig auf. Es war ein koreanischer Film. Queeny starrte auf den Eintrag, als läse sie eine Offenbarung. „Kim“, sagte sie nur. „Was, Kim?“ fragte Tomlinson. „Die Hauptdarstellerin. Sie heißt Kim.“

„Tatsächlich“, sagte Heemsoth. „Kim Yun-jin.“ – „Gott“, sagte Tomlinson, „sind die da alle so schön?“ Es dauerte keine fünf Minuten bis sie den Download gefunden hatten.

Das Musikstück war tatsächlich bewegend. Melodisch, rhythmisch, emotional, obwohl die Melodie im Film von den Geräuschen des Fahrtwindes und einer im Wind flatternden Plane von einem Transporter zerschnitten wurde. Allerdings war es nicht ganz zwei Minuten lang. „Im Original ist sie bestimmt länger“, meine Christina Surmann. „Könnte eine super Kürmusik sein, oder?“

Im Abspann des Films erfuhren sie, dass ein Koreaner die Musik geschrieben hatte. Gleich am nächsten Tag wollten sie sich per e-mail mit dem Film-Verleih in Verbindung setzen. „Wenn sie lang genug ist, machen wir daraus die Kür“, sagte Tomlinson, „was meinst du, Will?“ Heemsoth sah auf Queeny, die immer noch abwesend war und fragte: „Was meinst du denn selbst?“

„Kim“, sagte Queeny. „Vielleicht ist sie ja mit ihr verwandt.“ Tomlinson erinnerte sie daran, was sie ohnehin längst wusste. Millionen Koreaner hätten Kim als Familiennamen. „Wie bei uns Müller oder Meier“, sagte Heemsoth. Queeny brach in Lachen aus. Yuna Meier!

Seit ihr damals die Oberin des Marienstifts ihre Geschichte erzählt hatte und wie sie zu ihrem Namen und ihrem Geburtsdatum gekommen sei, spukte in ihrem Kopf die Vorstellung, sie könne Kim heißen. Ihr offizieller Name war ihr so fremd geblieben wie ein Kleid, das man von irgendwoher bekommen hatte, aber niemals anzog. Es war der Name von jemandem, der mit ihr nichts zu tun hatte. Am Eröffnungsabend der Weltmeisterschaft hatte Will Heemsoth sie erst anstoßen müssen, als sie bei der Auslosung der Startnummern aufgerufen wurde. Sie hatte auf ihren Namen gar nicht reagiert. Wenn sie Autogramme geben musste, schrieb sie immer nur Queeny.

Auf die Antwort aus Seoul mussten sie nicht lange warten, eine CD mit der Filmmusik war gleich beigelegt. Für eine Eislaufkür, hieß es, würde man ihnen die Musik kostenlos zur Verfügung stellen. Korea sei schließlich das Land von Yuna Kim. Ihren Walzer für das Kurzprogramm hatte Queeny ebenfalls bekommen. Allerdings war er nicht von Johann Strauß, sondern von Chopin.

Zwei Tage, ehe das Training wieder begann, stand Queeny schon auf dem Eis. Voller Ungeduld, für die neuen Programme in Form zu kommen. Die Choreographin wollte sie im Urlaub entwerfen, doch sie war noch nicht zurück. Nach zehn Minuten Einlauf- und Aufwärmzeit machte sie ihren ersten Doppelsprung. Das Gefühl in der Luft war gut. Doch die Landung war wackelig. Beim nächsten Versuch war es dasselbe. Nur dass sie dieses Mal das Gefühl hatte, auch der Absprung sei etwas flatterig gewesen sei. Das Sprunggefühl in der Luft aber war wie immer. Am besten drehte sie noch ein paar Runden zum Aufwärmen und machte ein paar Pirouetten, um wieder das richtige Eisgefühl zu bekommen. Drei Wochen Trainingspause waren eben doch eine lange Zeit. Bei der Pirouette rutschte sie aus der Zentrierung, als ob ihr Körper nicht genug Halt hätte. Drei Wochen Trainingspause waren wirklich lang. Will Heemsoth war in die Eishalle gekommen, um nach ihr zu sehen. „Wie geht es denn", rief er über die Eisfläche zu ihr herüber. Sie fuhr zu ihm hinüber. „Eigentlich ganz gut. Aber irgendwie ein bisschen wackelig bei den Sprüngen. Jedenfalls bei der Landung."

„So", sagte Heemsoth. „Lauf mal zwei Runden und dann springst du einen Doppel Axel. Bist du schon bereit für einen Doppel Axel?"

„Ich kann auch schon einen Dreifach Toeloop springen", antwortete sie.

„Doppel Axel reicht."

Queeny sprang ihren Doppel Axel und danach sprang sie doch noch einen dreifachen Toeloop. Heemsoth sah sofort, dass nicht nur die Landung, sondern auch der Absprung etwas schwammig war. Schwammig war ungewöhnlich bei ihrer makellosen Technik und ihrem naturgegebenen Bewegungsgefühl. „Tut es dir bei der Landung weh"? fragte er.

„Eigentlich nicht. Drückt bloß ein bisschen."

„Wo?" Sie zeigte ihm die Stellen, an denen der Stiefel drückte. „Mach nicht so lange", sagte Heemsoth. „Wenn du fertig bist, guck ich mir mal deine Stiefel an. Ich muss nochmal rüber in die Geschäftsstelle. Sei vorsichtig bei den Sprüngen."

Nach dem Training hatte Queeny ein ungutes Gefühl. Sie saß in der Garderobe vor ihrem Schrank, die Schlittschuhstiefel neben sich auf der Bank. Heemsoth kam herein, betastete die Stiefel, bog die Schäfte in verschiedene Richtungen.

Legte die Stiefel weg und sagte: „Nimm mal deine Füße hoch.“ Sie hielt beide Füße so hoch, dass er sie greifen konnte. „Tut es hier weh?“ – „Ja.“ – „Und hier?“ – „Auch“. – „Und hier auch, oder?“ – „Ja“, sagte sie und dann, „ich weiß schon.“ Die Stiefel waren weich geworden und gaben nicht mehr genug Halt. Sie würde neue Stiefel brauchen. Gerade jetzt, wo sie die neuen Programme einstudieren wollte. Neue Stiefel einlaufen ging nie ohne Schmerzen ab. Bisher hatte sie nie größere Probleme damit gehabt, doch es konnte der blanke Horror sein.

Heemsoth nickte. „Besser gleich zu Trainingsbeginn im Sommer, als später mitten in der Saison.“ Queenys Schlittschuhstiefel waren brüchig geworden. Unter der hohen Dauerbelastung bei den Sprüngen, dem ständigen Druck durch die Fliehkräfte bei Pirouetten, Drehungen, Schritten hatte das harte Leder seine Steifheit verloren.

Die Folge war, dass die Stiefel ihre Füße unter dem Druck bei Absprung und Landung nicht mehr stabilisierten und ihnen Halt gaben. Es war, als würde man statt auf festem Boden abzuspringen und zu landen im Sand springen. Durch den Mangel an Stabilität wurden die Sprünge unsicher. Wo das Leder weich geworden war, warf es Falten, die auf Knöchel und Knochenhaut drückten.

„Neue Stiefel einlaufen ist immer schwierig“, sagte Heemsoth. „Ist aber nicht schlimm. Kostet uns bloß etwas Vorbereitungszeit. Gut, dass du nicht für Detroit gemeldet bist, sondern erst bei Skate Canada im November.“ Es war ihr erster Wettbewerb in der Grand Prix-Serie, die jedes Jahr im Oktober begann.

Die neuen Stiefel gaben Queeny sofort die Sicherheit in ihrer Sprungtechnik zurück. Sie flog geradezu über das Eis, flog hinein in die Musik ihrer neuen Kür. Das Leder war nur ein bisschen zu hart. Sie sagte es Heemsoth. „Mach große Sprünge, die machen sie schneller weich“, riet er.

Es wurde nicht besser. Eine Woche später hatten die Schmerzen noch zugenommen. Nach einer halben Stunde Sprungtraining taten ihr Füße und Schienbein weh. Bald konnte sie keine bestimmten schmerzenden Stellen mehr ausmachen. Überall tat es jetzt weh. Wenn Heemsoth sie fragte, wie die neuen Stiefel säßen, sagte sie jedes Mal dasselbe: „Ganz gut, sie sind bloß noch hart.“ Ihr Trainer sah, dass sie Schmerzen hatte, aber ihre Technik war so makellos wie gewohnt. Schmerzen gehörten nun einmal dazu.

Mit dieser Einstellung ging Queeny Tag für Tag zum Training auf das Eis. Die Schmerzen hatten sogar ihr Gutes. Sie erzwangen ihre äußerste Konzentration auf die Technik, damit der Sprung trotzdem sauber war. Sobald sie unsauber lief, Schritte, Sprünge nicht exakt ausführte, nahmen die Schmerzen zu.

Nach dem Training betrachtete sie in der Garderobe die geröteten Stellen an ihren Schienbeinen und über den Sprunggelenken. Alles wie immer, wenn sie neue Schlittschuhstiefel einlaufen musste. Nur dass die Stiefel sich dieses Mal nicht anpassten. Die Schmerzen blieben. Die geröteten Stellen nahmen an Umfang zu. Von nun an umwickelte sie ihre Füße vor Trainingsbeginn bis zur Höhe des Stiefelschafts mit Bandagen und legte noch eine Schicht Schaumgummi darüber. Nach einer halben Stunde tat wieder alles weh. Sie konzentrierte sich auf die Technik und stand es durch. Irgendwann musste das doch mal aufhören. Zuhause setzte sie sich vor dem Schlafengehen im Bad auf den Rand der Badewanne und ließ minutenlang kaltes Wasser über die schmerzenden Stellen laufen. Von der Aspirinsalbe, die sie täglich darüber strich, erzählte sie niemandem.

Beim Training versuchte sie den Schmerzen auszuweichen, indem sie die Position bei Absprung und Landung geringfügig veränderte. Heemsoth sah es, ließ sie jedoch gewähren, weil die Sprünge trotzdem technisch sauber blieben. Nach weiteren drei Wochen begannen durch die permanenten Fehlbelastungen unter hohem Druck ihr Rücken und eine Hüfte zu schmerzen. Sie ließ sich nichts anmerken. Von Tag zu Tag quälte sie sich durch das Training. Erst wenn sie wieder in ihrem Zimmer im Wohnheim war, ließ sie ihre Tränen heraus. Weinte nicht wegen der Schmerzen, sondern weil es nicht besser wurde, aus Angst um die nächste Saison.

In diesen Wochen fand sie Trost in einem Film vom koreanischen Fernsehen über Yuna Kim mit englischen Untertiteln, den sie bei youtube heruntergeladen hatte. Er war nach ihrer Kürmusik benannt, The Lark Ascending und erzählte von ihrer Leidenszeit, als sie fünfzehn Jahre alt war. Mehr als ein Jahr schon hatte sie nur noch unter Schmerzen trainieren können. Ihre Schlittschuhstiefel, die normalerweise ein halbes Jahr halten mussten, wurden schon nach wenigen Wochen brüchig und weich. Sie gaben ihr nicht mehr genug Halt, unterstützten sie nicht dabei, den Druck abzufangen, der durch die enormen Fliehkräfte bei den Dreifachsprüngen entstand. Die Stahlschienen unter den Kufen verwanden sich minimal, so dass sie nicht mehr exakt unter dem Körperschwerpunkt saßen.

Die daraus resultierenden Fehlstellungen ihres Körpers verursachten unter der hohen Belastung bei Sprüngen und Pirouetten Verletzungen an ihren Sprunggelenken, an der Wirbelsäule, Knien und Hüften. Monatelang konnte sie wegen Rückenbeschwerden nur eingeschränkt trainieren. Sie musste Schmerzmittel nehmen, um überhaupt an den Start gehen zu können.

„Ich begann Eislaufen zu hassen“, sagte Yuna in dem Film. „Jeden Tag dachte ich, ich will nicht mehr.“ In einer Szene stützte sie sich mit beiden Händen auf die hölzerne Bande, die die Eisfläche begrenzte. Vor Schmerzen konnte sie nicht weiterlaufen. Ihre Mutter sagte, das Training habe keinen Sinn mehr, sie solle für heute Schluss machen. Yuna trainierte weiter, die ganzen zwei Stunden Trainingszeit, für die sie das Eis gebucht hatten. Anschließend ging sie weinend in die Garderobe um sich umzuziehen.

Queeny verlor sich in das Leben von Yuna Kim, die meistens in eisigen Hallen trainieren musste, weil die geheizten Hallen in Seoul nur für das Publikum geöffnet waren. Für den Luxus einer geheizten Halle nahmen sie und ihre Mutter in Kauf, außerhalb der öffentlichen Laufzeiten zu trainieren. Von 20 Uhr bis Mitternacht und am nächsten Morgen wieder ab sechs Uhr bis um Zehn.

Wenn Queeny diesen Film sah, kamen ihr die eigenen Probleme klein vor. Bis auf die Tatsache, dass sie da waren und mit ihnen die Schmerzen und ihre Ängste.

Es war Juli geworden. Queeny quälte sich weiter durchs Training. Die neuen Programme waren inzwischen in ihren Muskel- und Nervenfasern gespeichert, so dass sie sie auch ohne Musik in dem richtigen Timing laufen konnte. Das war praktisch, denn an manchen Tagen musste sie so konzentriert gegen die Schmerzen anlaufen, dass es unmöglich war, auch noch auf die Musik zu hören.

Will Heemsoth machte sich Sorgen, ließ sie aber noch gewähren. Die Trainingsergebnisse waren trotz allem gut. Nur müssten die neuen Stiefel längst eingelaufen sein. Eines Tages, als Queeny kurz das Eis verließ, um auf die Toilette zu gehen, folgte er ihr und horchte an der Tür, ob sie nicht heimlich heulte. Viele Male hatte er das erlebt. Gerade mit ehrgeizigen und talentierten Sportlern. Sie hatten Schmerzen oder ein anderes Problem, wollten es nicht zeigen, und wenn sie es auf dem Eis nicht mehr aushielten, schlossen sie sich auf der Toilette ein und heulten bis sie wieder ruhiger wurden und das Training fortsetzen konnten. Doch er hörte nichts.

Queeny kehrte auf das Eis zurück. „Lauf noch einmal den Walzer durch und dann Schluss für heute“, sagte Heemsoth. „Ich will nur noch vorher einen dreifachen Flip springen.“ – Der Sprung wurde eine Katastrophe. Queeny stürzte, rutschte von der Wucht bei der Landung über das Eis und prallte mit dem Rücken gegen die hölzerne Bande. Blieb auf dem Eis sitzen, barg ihr Gesicht in den Händen und weinte in ihre roten Fausthandschuhe hinein. Heemsoth half ihr auf die Beine. „Warte in der Garderobe auf mich. Ich möchte mir mal deine Füße ansehen.“

Wie benommen schritt sie von der Eisbahn zum Umkleideraum, zog sich um und wartete auf ihren Trainer. Heemsoth brachte Tomlinson mit. Queeny streckte die Beine aus. Die beiden Trainer sahen die geröteten Stellen an Fußgelenken und Zehen, die in einer unheilvollen Mixtur aus Blau, Grün, Gelb angelaufenen Schwellungen über den Schienbeinen. Strichen darüber hin, spürten die Verhärtungen und Unebenheiten auf dem Knochen.

„Warum hast du mir nicht längst etwas gesagt?“ fragte Heemsoth. Sie schüttelte stumm den Kopf. „Du hast eine Knochenhautentzündung.“ Tränen quollen aus ihren Augen. Heemsoth drückte ihre Schulter: „Die letzten Wochen müssen doch die Hölle gewesen sein." Und da fing sie an zu weinen, legte ihren Kopf an Heemsoths Schulter und weinte die über Wochen aufgestaute Verzweiflung heraus. Tomlinson legte den Arm um sie und verfiel in seine Muttersprache: „Don't cry. Come on, Tiger." Sie schluckte. „Wie lange?"

„Zwei, drei Wochen", meinte Heemsoth. „Mal hören, was der Arzt sagt."

„Ich hab mit Schuld", sagte Heemsoth zu Tomlinson, nachdem Queeny gegangen war. „Hätte mir ihre Füße früher ansehen sollen. Ich hatte einfach nicht geglaubt, dass sie mit solchen Schmerzen trainieren würde."

„Bei dem Vorbild", meinte Tomlinson. „Die hat garantiert bei jedem Training zehnmal an Yuna Kim gedacht und sich durchgebissen." Sie waren sich einig, dass Idole auch gefährlich sein konnten. Darüber würden sie mal mit ihr reden müssen. Der Arzt verordnete drei Wochen strikte Trainingspause, Physiotherapie, Bestrahlungen, Massagen.

Mehr und mehr flüchtete Queeny sich während dieser Zeit in das Leben ihres Idols. Ihre youtube Videothek von Yuna Kim war inzwischen auf über 200 Videos angewachsen. Beinahe täglich fand sie einen neuen Film von ihr und lud ihn herunter.

Die Schule hatte wieder begonnen. Mühselig schleppte sich der August durch endlose Sommertage. Ihren ersten Wettkampf mit den neuen Programmen hatten sie absagen müssen. Unmöglich, bis Ende September in Form zu kommen. Was würde sie machen, wenn sie die ganze Saison verlöre?

Von dem kleinen Turm über dem Dach der Kapelle hörte sie das Abendgeläut. Das Geräusch von der Straßenbahn auf der Hauptstraße durchschnitt die wattige Abendluft. Sie schloss das Fenster. Der Abend brachte keine Kühle. Ihr Rücken schmerzte, ihre Hüfte schmerzte. Ihr graute vor einer neuen schlaflosen Nacht. Und wie so oft in diesen Wochen suchte sie Trost bei ihrem Vorbild, die dies alles und Schlimmeres durchgemacht hatte. Sie sah sich in dem youtube-Video immer wieder dieselbe Szene an, in der Yuna vom Ende ihrer Leidenszeit erzählte. „Eines Tages ging es plötzlich wieder mit den Stiefeln. Sie saßen und gaben mit den Halt, den ich brauchte. Dabei waren es Stiefel, die ich vorher bereits benutzt hatte. Von einem Tag auf den anderen saßen sie perfekt. An jenem Tag habe ich gedacht: Ah, ich soll Eiskunstläuferin sein. Das ist die Bestimmung meines Lebens."

Mit diesem Satz ging Queeny schlafen. Eislaufen ist meine Bestimmung. Stimmte das auch für sie? Was würde sie machen, wenn sie nicht mehr eislaufen könnte? Es war nicht vorstellbar. Ihre Gedanken fanden kein Ziel und kein Ende. Irgendwie schlief sie trotzdem ein. Der nächste Morgen brachte ihr einen weißen Luftpolsterbrief mit einer CD.

Die Geschichte von Helga Drei

Mehr als eine Woche war verstrichen. Jeden Tag konnte eine Antwort von ihr kommen. Jeder verstreichende Tag machte diese Antwort unwahrscheinlicher. Ob sie nach meiner Musik laufen würde? Ich fühlte mich wie nach der Abgabe meiner Examensarbeit. Ehe ich morgens nach dem Bad in die Küche ging, fuhr ich bereits den Computer hoch. Kehrte ich dann mit Brötchen und Milchkaffee ins Wohnzimmer zurück, konnte ich, ehe ich zu frühstücken begann, schnell meine Mails checken.

Ein Tag und wieder ein Tag. Zur Sicherheit rief ich meine Freundin in Düsseldorf an. Sie versicherte, sie habe meinen Brief noch am selben Tag in den Kasten gesteckt. Woher kennst du die denn? fragte sie noch. Du kennst sie? fragte ich zurück. Sie lachte und sagte, n'a klar, halb Deutschland ist doch in die verliebt. Aber wieso kennst du die so gut, dass du ihr schreibst und warum aus Düsseldorf, die lebt doch bei dir in Berlin? Und ich sagte, dass ich sie so gut noch nicht kennen würde und außerdem sei es eine Überraschung.

Ob sie überhaupt Notiz von meinem Brief genommen hat? Wenn es zutrifft, was meine Freundin sagt, bekommt sie täglich mindestens ein dutzend Briefe. Die Vorstellung war ernüchternd. Am Ende schickt sie dir eine Autogrammkarte. Dann fiel mir ein, dass ich ja nur meine e-Mail Adresse als Absender geschrieben hatte. Eine Reaktion von ihr konnte deshalb nur persönlich sein. Es wurde immer unwahrscheinlicher. Ich seufzte. Meine schöne Musik. Wenn sie die Musik erst einmal hört, ist alles möglich. Beethoven sei Dank!

Tage, Wochen vergingen. Unterrichtsvorbereitungen, Klassenarbeiten, Hausarbeiten, Konferenzen waren eine willkommene Ablenkung. Du bist verrückt, sagte ich mir zwischendurch immer wieder und machte dabei die Erfahrung, dass zwischen der unwiderlegbaren Selbstanalyse und ihrer Konsequenz für das Selbstmanagement eine Lücke auftauchen konnte, die wie ein starkes Magnetfeld nicht zu überschreiten war. Außerdem wollte ich sie gar nicht überschreiten.

Was machte sie, wenn sie nicht eislief? Wo wohnte sie, wie war sie zu diesem urdeutschen Namen gekommen? Spaltenlang im Telefonbuch. Auch meine Recherche im Internet war ergebnislos geblieben. Ich versuchte mir ihr Leben vorzustellen. Das Training ist zu Ende, sie packt ihre Sachen und geht nach Hause. Wohin? Vielleicht wohnte sie in unserer Straße, und ich würde es niemals erfahren. Bei solchen Fragen begreift man, dass man nicht einmal den Alltag ganz erfassen kann, dass auch er seine Geheimnisse hat, die sich einem nur zufällig offenbaren. Im übrigen war es unmöglich mir einen Alltag für sie vorzustellen.

Sie war Sechzehn, eine richtige Schönheit, schon berühmt, wie ich nun wusste. Ob sie einen Freund hatte? Die mussten doch Schlange stehen. Auch ein Freund war nicht vorstellbar. So ein ätherisches Wesen. Man berührt sie, und sie löst sich in Luft auf. Konnte ein Wesen wie sie, wie sie mir erscheint, verbesserte ich mich sofort, konnte so jemand jemals unglücklich sein? Einsam, traurig, wie jeder normale Mensch. Eine törichte Frage. Trotzdem war sie da. Nicht ausgeschlossen, dass ihr Leben jenseits der Eisbahn leer und ereignislos war. Das wäre nicht einmal überraschend, weil sie alles, was sie ist und hat und kann, auf dem Eis lässt. Leere kann dann die reine Erholung sein.

Ich sah auf meine eigene Welt, meine Wohnung, angefüllt mit Gegenständen, die ich liebte, die mir etwas bedeuteten. Alles repräsentierte einen Teil von mir selbst. Mein Blick wanderte an den Wänden meines Wohnzimmers entlang. Wie geordnet das war, klar, harmonisch. Weiß Gott, ja, ich hatte einen guten Geschmack. Aber irgendwie war es auch ein bisschen langweilig. Nichts darin bewegte sich. Bloß meine Gedanken. Mit einem Mal merkte ich, wie ich meine Welt gegen den Einbruch dieses fremden Lebens zu verteidigen begann.

Eines Abends kam ich von der Geburtstagfeier einer alten Schulfreundin nach Hause. Die meisten von uns hatten sich seit Jahren nicht gesehen. Sie redeten über die Männer, über Kinder, die Liebe und wie sich alles veränderte, das ganze Leben. Dies war nicht mehr unser altes Berlin, in dem wir herangewachsen waren. Und wir selbst? Immerhin musste sich noch niemand von uns die Haare färben und auch die Zähne waren noch echt. Na schön, die Konfektionsgröße.

Es war ein fröhlicher Abend. Ich lachte viel. Doch eigentlich rauschte alles nur so an mir vorbei. Ihre Leben kamen mir alle ziemlich ähnlich vor. Meins war ganz anders. Nicht verheiratet, keine Kinder, kein eigenes Haus. Noch nie hatte ich mich deshalb von anderen isoliert gefühlt. Diesmal aber saß ich eingesponnen in einen Kokon, aus dem heraus ich das eine oder andere sagte, mitlachte – und war dabei um die Jahre, die wir uns kannten, von ihnen entfernt. Schon immer habe ich in meiner eigenen Welt gelebt, doch gehörte meine kleine Welt stets noch der Welt der anderen an. Diesmal nicht.

Bei einem Milchkaffee, den ich mir vor dem Schlafengehen noch aufgebrüht hatte, fragte ich mich, ob es an mir lag, an den anderen, am Abstand durch die vergangenen Jahre, dass ich mich so fern von allen gefühlt hatte. Wie auf einem anderen Planeten. Als wäre dies ihr Stichwort, erschien sie plötzlich vor mir. Auf einem anderen Planeten. Genau! Dort lebte auch sie, meine Eisläuferin.

Ein Gedanke, eine jähe Einsicht.

Ich schüttelte den Kopf und fing an zu lachen. Wie Befreiung kam es über mich. Ach, alle diese Gedanken, Projektionen, Vorstellungen, die wie Gespenster aus den unerfüllten Sehnsüchten steigen. Schlagartig hatte sich das aufgelöst. So jemand wie sie war umgeben von Menschen, die für sie sorgten, deren Aufgabe darin bestand, alles dafür zu tun, dass sie ihre Ziele erreichte, ihre Träume verwirklichte, die schließlich mit den Träumen einer unübersehbaren Anzahl anderer Menschen verbunden waren. Die Ernüchterung des Augenblicks ließ mich übersehen, dass ich selbst schon dazu gehörte. Und da kam ich nun mit meiner Beethoven-Musik... Von einem bestimmten Alter an ist es vor allem komisch, wenn man bemerkt, dass man den Boden unter den Füßen verloren hat. Aber trotzdem. Schön war es doch, und du hast etwas erlebt, das du sonst niemals erlebt hättest. Doch nun Schluss damit.

In einer Anwandlung von unwiderstehlichem Realitäts-Bedürfnis erhob ich mich aus dem Sessel, um in mein Dachzimmer hinüberzugehen und die Videoaufnahme zu löschen. Den Mozart Film natürlich nicht. Aber war es nicht eigentlich dasselbe? Berührung, Bezauberung, Beglückung. Dabei sollte man es belassen. Eine unsinnige Frage kam mir in den Kopf. Hätte ich Mozart einen Brief geschrieben? Unsinnig, wie sie war, führte sie mir doch vor Augen, in welch eine groteske Situation ich mich selbst hineinmanövriert hatte? Es war wirklich zu komisch. Nein, ich musste die Aufnahme nicht löschen, um meine äußere und meine innere Realität wieder miteinander in Einklang zu bringen. Dieses Erlebnis von Anmut und Schönheit war schließlich ebenfalls Realität. Auch jetzt noch. Und es würde Realität bleiben.

Das Irreale war ja nur mit dem Versuch eingetreten, mein Leben mit einem Leben zu verbinden, das sich auf einem anderen Planeten abspielte. Ich würde ihre Videoaufnahme behalten, würde sie mir immer wieder einmal ansehen. Alles war gut. Alles so, wie es sein musste. Ich hatte mich selbst wieder, wie man so schön sagt. Um die Musik tat es mir ein bisschen leid. Es wäre so herrlich gewesen… Mit einem Gefühl von schwindelerregender Leichtigkeit sank ich wenig später in mein Kopfkissen. Schlief traumlos und tief.

Am nächsten Morgen, den Computer noch vor dem Frühstück hochzufahren, war zu einer Art Erwartungsritual für den neuen Tag geworden, fand ich ihre Mail. candyqueeny@hotmail.com Candyqueeny – wie bezaubernd. Sie schrieb sehr höflich, respektvoll, beinahe distanziert, wäre da nicht ein warmer Unterton gewesen, der mich an ihr Gesicht erinnerte. Dies war keine Mail, es war, obwohl sie gar nicht viel geschrieben hatte, ein Brief.

Ich hätte nicht gedacht, dass sie schon im Mai damit beginnen müsste, die neuen Programme für den Winter einzustudieren, dass sie sie bis zu ihrem ersten Wettkampf im Herbst rund einhundertmal im Training durchlaufen müsste.

Wenn ich mich nicht bei der Erarbeitung ihrer Musik so intensiv mit den technischen und körperlichen Anforderungen hätte beschäftigen müssen, hätte ich es als Übertreibung abgetan. Jetzt aber leuchtete es mir ein. Diese Balance aus Athletik, Artistik, Ausdruck und Form, aus der schließlich die Schönheit hervorging, erforderte eine niemals endende Arbeit an der Synchronisation subtilster Arbeitsvorgänge in den Muskel- und Nervenfasern. Und, mein Gott ja, sie brauchte auch Power, um das durchzustehen.

Meine Musik hatte sie noch nicht gehört. Ganz rührend hatte sie von ihrer Knochenhautentzündung geschrieben, und dass eine neue Musik sie jetzt nur unglücklich machen würde. Doch in der nächsten Woche könne sie endlich wieder mit dem Training beginnen. Dann wolle sie sie hören und mir sofort schreiben.

Wenn das Unerreichbare seine Umlaufbahn verlässt, auf der es als ferner Stern unsere häufig nur halb von uns selbst verstandenen Wünsche umkreist und in die Atmosphäre der Normalität einbricht, bekommt man eine Ahnung von der Macht des Lebens, das ganz allein und unbeeindruckt von unserem Verlangen und Ängsten über das Mögliche gebietet. Sie würde mir schreiben, ich würde ihr antworten. Eine Korrespondenz.

Lächelnd blies ich den Schaum von meinem Milchkaffee, verfolgte seinen Flug über den Tassenrand und wie er auf der Tischdecke in sich zusammensank. Wo hatte ich das noch gelesen? Ich erinnerte mich nicht mehr. Es war eine Stelle in einem Roman, und ich wusste auch nicht mehr, ob es von dem, der es sagte, ironisch oder ernsthaft gemeint war. Es war auch einerlei. Ich hatte nur das Zitat behalten: „Das Seltsamste am Leben ist das Leben selbst. Und dabei ist es das Natürlichste." Er hätte statt „das Seltsamste" auch „das Wunderbarste" oder „das Furchtbarste" sagen können, dachte ich jetzt. Es lief alles auf dasselbe hinaus. Am Nachmittag fuhr ich von der Schule mit der S-Bahn nach Charlottenburg. Dort gab es eine Boutique, die mir sehr gefiel. Ich war lange nicht mehr dort gewesen. Es war wirklich höchste Zeit, dass ich mir mal wieder etwas zum Anziehen kaufte.

Eine Woche später kam tatsächlich die versprochene Nachricht. Die Musik sei sehr schön. Auch ihrer Choreographin gefiele die Musik, allerdings meinte sie, dass es sehr schwierig sei, danach zu laufen. Ihre Trainer meinten das auch. Nach dem Ende der nächsten Saison wollten sie die Musik auf jeden Fall einmal für eine Choreographie ausprobieren. Dazu kamen Fragen: Ob ich ebenfalls Eiskunstläuferin gewesen sei? Wie ich die Musik entdeckt hätte und auf die Idee gekommen sei? Sie bemerkte noch etwas Schmeichelhaftes zu meinen Beruf, Musiklehrerin. „Ich würde auch gerne Klavier spielen können", schrieb sie, voraussetzend, dass ich es könnte. Und ob ich manchmal in Berlin sei? Genug Fragen, um auf ihren Brief einzugehen. Nur eines hatte sie nicht gefragt, woher ich sie kennen würde.

Tatsächlich war dies der Anfang eines Briefwechsels über das Internet. Sie schrieb so reizend. Frisch und natürlich, beinahe einfach und es hatte Charme. Charme habe ich stets bewundert. In meinen Augen ist er ein Zeichen von Intelligenz. Wer mit dieser Gabe nicht oder nicht so reich gesegnet ist, ich zum Beispiel, muss deshalb nicht dumm sein. Aber wer dumm ist, hat garantiert keinen Charme.

Von ihr erfuhr ich nun auch, wie sie zu ihrem deutschen Namen gekommen war, wo sie lebte und dass sie dort auch noch einen anderen Namen hatte. Stella. Sie hatte sich taufen lassen. Darüber hätte ich gerne noch mehr gehört. Doch sie erklärte nichts dazu. Also war sie nicht nur ein von der Natur mit Anmut und Schönheit gesegnetes Wesen. Unter der schönen Erscheinung arbeitete ein Bewusstsein, das nach sich selbst und nach dem Leben fragte. Eine Sechzehnjährige, die in dieser

Zeit zum Katholizismus konvertierte. Was musste sich in der abgespielt haben? Es freute mich für sie. Und ebenso für mich selbst. Lieferte es mir nicht auch eine Rechtfertigung dafür, dieser Bezauberung durch ein, etwas zugespitzt ausgedrückt, halbes Kind erlegen zu sein?

Es machte mir Freude, ihr zu schreiben. Nur wenn ich daran dachte, dass ich sie mit meiner Identität, Musiklehrerin in Düsseldorf, betrog, sträubten sich mir die Haare, und ich schämte mich vor mir selbst. Eines Tages traute ich mich sogar ihr etwas zur Musik zu sagen, und wie ich sie dazu in meiner Vorstellung auf dem Eis laufen sähe.

In der Aufnahme gibt es zwei Stellen, wo das Klavier das Leitthema in einer schnellen, sehr rhythmischen Bewegung umspielt und dabei von Violine und Cello mit langen, ruhigen Strichen begleitet wird, in deren Harmonien die dahin perlenden Töne des Klaviers wie in eine höhere Wirklichkeit aufgehen. Ein Gegensatz, der eine fast unerträgliche Spannung und Emotion erzeugt. „Ich stelle mir dann immer vor", schrieb ich ihr, „dass deine Füße zur Klavierstimme laufen – sie hatte auf „du" bestanden –, und zu der Geige und dem Cello machst du mit deinen Armen große, sanfte Bewegungen. Ein Teil von Dir ist dann ganz schnell und ein anderer ganz langsam und über die Musik wird alles eins." Bevor ich sie abschickte, überschlief ich meine Mail eine Nacht. Am Ende aber setzte ich auf die Autorität einer Musiklehrerin, die man doch einigermaßen ernst nehmen würde, selbst wenn man, was sie geschrieben hatte, für etwas übertrieben hielt. Außerdem war es die reine Wahrheit. Genauso hatte ich sie bei der Musik stets vor mir gesehen. Ob meine Vorstellung auf die Realität passte, war eine andere Frage.

Es dauerte eine Weile, bis sie zurück schrieb. Auf meine Musik ging sie nicht mehr ein. Schrieb nur von ihrem bevorstehenden ersten Wettkampf der neuen Saison und wie glücklich sie sei, so schnell wieder in Form gekommen zu sein. Jeder Trainingstag sei anders, obwohl sie mehr oder weniger jeden Tag dasselbe mache. Aber das könne sie hier gar nicht erklären. Und dann fragte sie, ob ich Skype hätte, erzählen ließe es sich viel leichter.

Die Vorstellung, ihr Auge in Auge am Computer gegenüber zu sitzen, erschreckte mich. Unsere Korrespondenz hatte sich so einfach ergeben, beinahe wie von selbst, so dass ich nie darüber nachgedacht hatte, jetzt aber wurde mir bewusst, dass sie ein gewisses Bild von mir haben musste. Es lag nahe, dass sie sich eine Person aus ihrer Welt vorstellte, die vermutlich voller schöner Menschen war, elegant, weltläufig und in ihrem Auftreten künstlerisch angehaucht. So ähnlich wie unsere Klassenschönheit, wenn sie mal erwachsen ist.

Zu meiner Erleichterung brauchte ich dieses Mal nicht zu schwindeln. Ich hatte kein Skype. Andererseits hätte ich sie schon gerne einmal etwas unmittelbarer gesehen, als auf der Videoaufzeichnung. Unser Internet-Briefwechsel hatte nichts daran geändert, dass sie für mich in einer anderen Welt lebte. Und da kam mir ein Gedanke. Im Telefonbuch befand sich ein Plan der Berliner Verkehrsbetriebe. Ich entdeckte, dass ihre Welt nicht weiter als ein dutzend S-Bahnstationen von mir entfernt war, einmal umsteigen inbegriffen.

An einem Samstagnachmittag stand ich auf dem kleinen Flur meiner Wohnung vor dem Garderobenspiegel und begutachtete meine Erscheinung. Noch nie hatte ich eine Sportveranstaltung besucht. Was zog man an, wenn man in einer Eishalle beim Training zusehen wollte? Selbst wenn es eine geheizte Halle war, so würde das Eis doch Kälte abstrahlen. Mein blauer Cashmere-Pullover schien mir das richtige zu sein. Er war warm, hatte eine gewisse Eleganz und sah einigermaßen sportlich aus. Außerdem war schon September. Mir eine forciert sportive Erscheinung zuzulegen, kam mir lächerlich vor. Ich entschied mich für ein Kostüm, wie ich es auch in der Schule trug. Mochte es auch nicht ganz das richtige für eine Sportwelt sein, so würde ich doch in seiner gepflegten Durchschnittlichkeit, die durchaus auch ihre Eleganz hatte, nicht auffallen. Und außerdem – mich kannte ja keiner.

Das Abenteuerliche an meiner Unternehmung war mir wohl bewusst, abenteuerlich jedenfalls für mich. Es machte mir Spaß. In der S-Bahn kamen mir Zweifel. Würde ich sie überhaupt erkennen? Zum ersten Mal würde ich sie nicht in ihrem hellblauen Seidenkleid sehen, sondern... im Trainingsanzug vielleicht. Es ist ein Riesenunterschied, jemanden im Fernsehen zu sehen oder als konkrete Person in einer Alltagssituation. Nicht ausgeschlossen, dass ich sogar ein bisschen enttäuscht sein würde. Ob ich diese Möglichkeit tatsächlich ernsthaft in Betracht zog, kann ich heute nicht mehr sagen, jedenfalls half sie mir, meine Beklommenheit abzulegen, als ich den Weg von der Straßenbahnhaltestelle zur Trainingshalle zurücklegte, eine Eisbahn unter freiem Himmel passierte, auf der Kinder trainierten, die Tür aufzog und mich in einem Foyer umsah.

Eine Couchgarnitur mit Tischchen und zwei Sesseln, gerahmte Fotos von Eiskunstläufern an den Wänden, Türen, die offenstanden und auf Zimmer wiesen, die wie Tagungs- oder Pausenräume aussahen, ein Korridor, der, wie ich annahm, zu den Umkleideräumen führte. Etwas entfernt lag vor zwei weit geöffneten Flügeltüren, zu einem unansehnlichen Haufen zusammengeschoben, grauer, wässriger Schnee. Dort fiel mein Blick in die auf einer Seite von Tribünen gesäumte Trainingshalle mit der ovalen Eisfläche in der Mitte. Sie war leer. Auf der anderen Seite führte eine Treppe in ein Café hinauf, von dem man durch große Fensterscheiben auf die Eisbahn hinuntersehen konnte. Fenster, die vom Boden bis an die Decke reichten, bildeten die andere Längsseite der Eishalle. Der Blick ging dort auf die Straße hinaus, eine Baumallee, über die sich gerade eine Straßenbahn näherte.

Leute kamen von draußen herein, durchquerten das Foyer. Aus einem weiteren Gang drangen Stimmen, dort schien sich ein Büro zu befinden. Niemand nahm von mir Notiz. Auf einem der gerahmten Fotos an der Wand entdeckte ich Queeny in ihrem hellblauen Seidenkleid in einer Pose auf dem Eis, die mir vertraut war. Sie kam zu Beginn der dritten Minute ihrer Kür. Plötzlich bekam die

Tatsache, dass sie jeden Augenblick leibhaftig vor mir erscheinen könnte, etwas Irreales. Möglicherweise war es das auch, zumindest für diesen Tag. Ich hatte nämlich nicht bedacht, dass sie feste Trainingszeiten haben würde und war einfach losgefahren.

Von der Eisfläche strömte mir ein kalter Hauch entgegen, als ich durch die geöffnete Flügeltür hindurchschritt. Ein Schwarzes Brett hing an der Wand wie bei uns in der Schule. Neugierig auf diese fremde Welt, begann ich zu lesen. Schlittschuhe zu verkaufen, eine Mitfahrgelegenheit gesucht, ein Zeitplan für eine Reise zu einem Wettkampf in Bayern – und ein Trainingsplan. In der Spalte für diesen Samstag las ich: 16.30 – 18.30 Queeny/Tomlinson. Sie hatte einmal von ihm geschrieben; dass er der Cheftrainer des Klubs und aus Los Angeles sei. Es war noch kurz vor Vier. Das Café über der Eisbahn schien geöffnet zu haben. Dort wollte ich warten.

Aus dem Garderobengang drangen Stimmen, Lachen. Einige Mädchen waren offenbar gerade aus einem der Umkleideräume gekommen, denn sie trugen Trainingsanzüge und hatten Schlittschuhstiefel in der Hand. Ich erkannte sie augenblicklich. Trotz der dämmrigen Beleuchtung in dem Gang, die ihre klaren Gesichtszüge verwischte.

Erkannte sie an der Art, wie sie ihren Kopf hielt, wie sie ging, sich in ihrem Körper bewegte. Im ersten Moment war es etwas ernüchternd. Da war einfach nur ein schönes junges Mädchen mit langen Beinen, über dessen Rücken die zu einem Pferdeschwanz zusammengebundenen Haare hin und her schwangen, weil sie so lebhaft nach links und rechts mit den anderen schwatzte.

Schon waren sie an mir vorüber und betraten die Eishalle. Ich begriff, dass sie sich für das Training aufwärmten, denn sie begannen um das Eisoval zu laufen, zweimal, dreimal, schließlich blieben sie in einer mit Gummimatten ausgelegten Ecke und begannen dort mit Gymnastik.

Von meinem Fensterplatz im Café sah ich ihnen beinahe auf die Köpfe. Queeny saß gerade im Spagat auf dem Boden und lehnte ihren Oberkörper so weit nach vorn, dass er mit den ausgestreckten Beinen eine Linie bildete. Setzte sich wieder aufrecht mit geradem Rücken, streckte beide Arme hoch über ihren Kopf und dehnte den Rücken, dass sich Trainingsjacke und Trikot nach oben schoben und einen Streifen ihres Rumpfes entblößten. Er war sehr schmal, sehr fest, durch die Überdehnung zeichnete sich die Muskulatur unter der Haut ab. Die Härte des Körpers war ein irritierender Gegensatz zu ihrem zarten Gesicht.

Das war kein ätherisches Wesen. Das war eine Athletin. Nun erhob sie sich und trat an die Wand. Schwerelos schwang ein Bein empor, bildete einen Moment lang beinahe eine vertikale Parallele zur Linie ihres Körpers, dann lehnte sie ihren Fuß ein gutes Stück oberhalb ihres Scheitels, sie hatte wirklich sehr lange Beine, an die Betonwand, umfasste mit beiden Händen das Fußgelenk und drückte ihr Gesicht einige Male auf das gestreckte Knie. Anschließend dasselbe mit dem anderen Bein. Nur im Ballett und im Zirkus hatte ich eine solche Elastizität bei einem menschlichen Körper gesehen.

Die anderen Eisläuferinnen machten dieselben Aufwärm- und Lockerungsübungen wie sie. Plötzlich begriff ich etwas von dem Zauber, der von Queeny ausging. Zwar machten die anderen dieselben Übungen, doch es war nicht das Gleiche, denn allem, was sie ihren Körper ausführen ließ, wohnte eine natürliche Anmut inne. Wie damals im Zoo, als ich die jungen Pumas miteinander spielen sah. Diese Erinnerung kam mir allerdings erst Stunden später, als ich wieder zu Hause war. In diesem Augenblick dachte ich gar nichts, sondern genoss das Schauspiel eines menschlichen Körpers, dessen Bewegungen nicht den Steuerungen aus der Befehlszentrale des Gehirns zu folgen schienen, sondern dem ewigen Drang des Lebens nach Ausdruck und Form, der ihr als natürliches Erbe eingepflanzt war.

Das Café hatte sich inzwischen gefüllt. Sämtliche Tische am Fenster zur Eishalle waren besetzt. Kinder, Jugendliche, Erwachsene, standen unten an der Bande der Eisbahn und sahen dem Training zu. Einige machten Fotos mit ihren Handys. Eine Frau hielt ein Smartphone vor sich in die Höhe und verfolgte mit ihm Queenys Lauf. Wahrscheinlich eine Videoaufnahme für zu Hause. Jedes Mal wenn sie einen Sprung absolviert hatte, drangen Rufe und Applaus gedämpft aus der Halle herauf.

Die schwarzen Leggins und das schwarze Trikot gaben ihrer Figur etwas Schattenhaftes, wenn sie über die helle Eisfläche dahinflog. Das ärmellose Trikot legte die Zartheit ihrer Schultern bloß. Ein tiefer Rückenausschnitt mit zwei schmalen gekreuzten Bändern zwischen den Schulterblättern betonte die lange Linie ihrer Wirbelsäule, über der, zu einem Pferdeschwanz gebunden, die Haare flogen. Bewegungen und Gesten ihrer Arme schienen den Harmoniegesetzen einer unsichtbaren Geometrie zu folgen. Sie endeten in einem Paar weißer Fausthandschuhe, optische Pole im sie umgebenden Raum, deren Magnetfelder sich in ihrer schwarzen Silhouette berührten und sie in

Balance hielten. Es war göttlich. Ich bezahlte meinen Tee und ging in die Eishalle hinunter.

Insgesamt befanden sich fünf Läuferinnen auf dem Eis. Die anderen Vier wurden von einem Trainerpaar betreut. Die Trainer standen, vom Publikum getrennt, auf einer etwas erhöhten Plattform mit Stühlen direkt an der Bande. Ich mischte mich unter die Zuschauer, die hinter Queenys Trainer eine kleine Traube bildeten.

Nach und nach gewöhnte ich mich daran, sie so nahe zu sehen. Der Zauber, der bei der Begegnung im Foyer kurz in eine gewisse Ernüchterung umgeschlagen war, weil mir die Erscheinung in dem hellblauen Seidenkleid als ganz normaler Teenager entgegen kam, stellte sich wieder ein. Jedes Mal, wenn sie an die Bande zu ihrem Trainer heranfuhr, um mit ihm zu besprechen, was sie gerade auf dem Eis gemacht hatte oder als nächstes tun sollte, zupfte sie aus der Kleenex-Packung auf der Holzbarriere ein Tuch und putzte sich die Nase in der Art, wie kleine Mädchen es tun. Ich dachte nicht mehr daran, dass sie eine Prinzessin war. Ich dachte, dass sie durch den ständigen Luftzug auf dem Eis wahrscheinlich chronisch erkältet war.

Es klappte nicht immer alles gleich. Fliegende Schrittsequenzen mit komplizierten Drehungen mal im Uhrzeigersinn, mal dagegen, Pirouetten,

Sprung-Kombinationen wiederholte sie so oft, bis sie und ihr Trainer mit dem Ergebnis zufrieden waren. Zweimal stürzte sie so hart auf das Eis, dass einem vom bloßen Hinsehen Rücken und Becken weh taten. Sie stand auf, klopfte den Eisstaub ab und lief weiter, als sei es nichts. Bei der Landung eines Dreifachsprungs rutschte ihr Schlittschuh weg. Mit der Wucht aus der Rotation flog sie aufs Eis, lenkte die Dynamik des Sturzes in eine Drehbewegung ihres Körpers um und leicht wie eine Feder, die vom Boden in die Luft geblasen wurde, stand sie wieder auf ihren Füßen und lief dem nächsten Sprung entgegen.

Die anderen Eisläuferinnen hatten nach einer dreiviertel Stunde ihr Training beendet. Queeny war nun allein auf dem Eis und lief ihre neue Kür. Die Musik war so schön, dass ich mir vornahm, sie demnächst in einer Mail einmal danach zu fragen. Aber verplapper dich bloß nicht! Und mit dieser Warnung kehrte ich für diesmal in meine eigene Welt zurück.

Als das Training zu Ende war, stand sie in der Mitte des Eisovals und knickste zu ihrem Publikum. Jetzt erst registrierte ich, wie viele Zuschauer sich während des Trainings in der Halle eingefunden hatten und ihr nun applaudierten. Einige Eislaufkinder kreischten und riefen „Queeny".

Lachend fuhr sie zu ihnen an die Bande hinüber und gab Autogramme.

Ein sanfter Spätsommerhimmel wölbte sich über der Stadt. Eine Luft, als würde der Sommer gerade erst beginnen. Ich wollte noch nicht nach Hause. Ein ganzes Stück ging ich zu Fuß Richtung Schöneberg, wo ich wohne, ehe ich schließlich die S-Bahn nahm. Nach dem Abendbrot sah ich mir noch einmal ihre Kür in dem hellblauen Seidenkleid an. Wie würde sie auf mich wirken, nachdem ich einen Blick in ihre reale Welt geworfen hatte. Ich konnte mich jedoch nicht auf die Aufnahme konzentrieren.

Vor dem Fernseher setzte sich der Zauber, mit dem vor einem halben Jahr alles begonnen hatte und der mich wieder und wieder gefangen nahm, nicht gegen den Eindruck durch, den sie an diesem Nachmittag bei mir hinterlassen hatte. Ihr graziler Körper, der sich so kraftvoll und dabei so anmutig bewegte, wurde von einer Energie und einer Selbstdisziplin angetrieben, für die das Adjektiv eisern nicht genügte. Vielmehr waren beide von einer unzerbrechlichen Elastizität, mit der sie jeden missglückten Versuch, jeden Schmerz überwand. Die zarten Gesichtszüge ihres kleinen Ballerinenkopfes verbargen einen, fast möchte ich sagen, diktatorischen Willen. Zwischen den einzelnen Übungsphasen jedoch schlug die Unnachgiebigkeit, mit der sie sich auf ihre Aufgaben konzentrierte, immer wieder kurz in vollkommene Entspannung um. Dann schien ein Lächeln, so tief aus ihrem Inneren, dass es ihr Gesicht nur als Schimmer erreichte, durch die Linien ihres Körpers zu laufen. In diesem atmosphärischen Umschwung offenbarte sich die Kraft, aus der alle anderen Kräfte hervorgingen oder von der sie ihre Wirkung bezogen: Bedingungslose Hingabe an das, was sie tat. Und auf einmal war sie mir näher und zugleich fremder als je zuvor.

Queenys Traum

Wie schnell vergeht ein Tag, wenn man Sechzehn ist? Das kommt ganz darauf an. Wie langsam vergeht ein Tag, wenn man Sechzehn ist? Das kommt ganz darauf an. Nach der ersten Woche der vom Arzt verordneten Trainingspause begann Queeny die Tage zu zählen – und hörte gleich wieder damit auf. Zweistellige Zahlen hatten etwas Deprimierendes. Nun war Dienstagabend. Am nächsten Montag würde sie endlich wieder mit dem Training beginnen.

Ihr Blick ruhte auf der CD, die sie von der Musiklehrerin aus Düsseldorf bekommen hatte. Seit der Junioren-Weltmeisterschaft im vergangenen Jahr, es war das erste Mal gewesen, dass das Fernsehen einen kurzen Ausschnitt von einer Junioren-Weltmeisterschaft im Eiskunstlaufen übertragen hatte, erhielt sie regelmäßig Briefe, Autogrammbitten, kleine Geschenke. In ihrem Zimmer hatte sie dafür eine eigene Ecke eingerichtet. Eine Musik hatte ihr noch niemand geschickt. Eine Musiklehrerin. Und sie hatte so nett geschrieben. Weder von oben herab, noch wie ein Fan. An Fans hatte sie sich gewöhnt, obwohl es ihr immer noch unangenehm war, dass wildfremde Menschen so viel Aufhebens um ihre Person machten. Sie schob es auf den Eiskunstlauf und seinen Glamour.

Keine Woche mehr… Und nun begann sie doch mit ihrem Countdown. Noch fünf, vier, drei Tage. Das Wochenende kam heran. Wochentag und Datum registrierte sie häufig gar nicht. Ob es Dienstag war oder Donnerstag, war im Grunde einerlei. Struktur und Bedeutung erhielten die Tage allein von ihrem Trainingsplan. Oder wenn ein Wettkampf bevorstand. Der Samstag wurde dadurch kenntlich, dass sie nicht zur Schule musste und am Sonntag war trainingsfrei, und sie besuchte die Morgenmesse in der Kapelle des Stifts Heiliges Herz. Dort war sie inzwischen nicht mehr Queeny, sondern Stella. Und wenn sie Stella war, dann war sie ein kleines bisschen, ein ganz kleines bisschen war sie dann auch… aber das würde sie niemandem verraten.

An diesem Morgen erwachte sie schon vor dem Sechs-Uhr-Geläut der Glocke über dem Dach der

Kapelle. Eine Straßenbahn näherte sich. Sie horchte auf das elektrische Geräusch, wie sie es nannte, mit dem die Bügel auf dem Dach an den Stromkabeln der Oberleitung entlang strichen und gelegentlich ein schnell vergehendes Gewitter blauer Funken über das Gewebe ihrer Fenstervorhänge warfen. Kleine, knisternde Sterne aus einer noch fernen Welt, die sie eines Tages betreten würde.

Ihr fiel ein, dass Samstag war und sie noch nicht aufstehen musste. Früh morgens spürte man jetzt, dass der Sommer allmählich zu Ende ging. Sie tastete nach ihrem Smartphone auf dem Nachtschränkchen. Vielleicht hatte Will Heemsoth ihr eine SMS geschickt, dass sie doch schon heute wieder aufs Eis zurück durfte. Sie war noch ein bisschen schläfrig und so landete ihr Daumen auf der benachbarten Organizer-Taste. Aus dem Display leuchtete ihr 7. September Trainingsbeginn entgegen. Das war Montag, heute war Samstag, aber dann war es ja… der 5. September! Mit einem kleinen Aufschrei sprang sie aus dem Bett und lief ins Bad. Unter der Dusche sang sie ihre Lieblingsstelle, genauer gesagt eine ihrer Lieblingsstellen aus Yuna Kims letzten Kurzprogramm ihrer Karriere. Send in the Clowns. Heute war Yunas Geburtstag! Und sie war nicht auf dem Eis. Das konnte nicht sein.

Die Idee kam ihr beim Haareföhnen. Ein Geburtstagsgeschenk für Yuna, das sie sich selbst machen würde. Es war noch keine sieben Uhr. Sie hatte genug Zeit. Am Samstagmorgen um halb Acht war außer den Reinigungskräften normalerweise niemand in der Eishalle. Und das Eis war frisch, weil es Freitagabends nach dem letzten Training noch von der Eismaschine gehobelt und poliert wurde.

Im Taxi schälte sie sich eine Banane. Mineralwasser hatte sie in ihre Trainingstasche gepackt. Queeny lehnte ihren Rücken an die Polsterung und sah hinaus. Straßen, Häuserzeilen glitten vorbei, die seit beinahe zehn Jahren ihren Lebensweg säumten. Es war herrlich sich ein Taxi zu leisten. Normalerweise wäre sie mit der S-Bahn gefahren, doch sie wollte früh dort sein. Es musste niemand mitkriegen, dass sie zwei Tage früher auf dem Eis war als sie sollte. Und wenn sie es doch erführen? Sie würden es schon verstehen. Außerdem trainierte sie ja gar nicht. Ihr Geschenk bestand aus einer halben Stunde Eislaufen nach Musiken aus Yuna Kims Karriere.

Im Laufe der Jahre hatte sie sämtliche Küren und Kurzprogramme von Yuna Kim auswendig gelernt. Sie lief sie nicht oft, dafür waren sie zu kostbar. Und wenn, dann erst nach dem letzten

Training des Tages, wenn niemand mehr auf dem Eis war. Sämtliche Programme waren in ihrem Gedächtnis gespeichert, sie brauchte bloß zu wählen. Als stünde sie vor ihrem Schrank und überlegte, welches Kleid sie anziehen wollte. In der Regel das, das gerade am besten zu ihrer Stimmung passte. Bei der Musik war er genauso, bloß dass die Entscheidung ihr schwerer fiel.

Manche Programme hatte sie mit der Hilfe von Will Heemsoth oder Tom Tomlinson gelernt. Den Danse Macabre zum Beispiel mit seinen schwierigsten Schritten und Drehungen und alles in einem Wahhnsinnstempo. Mach man, probiers nur, hatten sie gesagt, dann weißt du wenigstens, wo die Latte hängt. Wusste sie sowieso. Es gab nur eine einzige Möglichkeit, so eiszulaufen wie Yuna Kim und das war, Yuna Kim zu sein.

Sie seufzte. Nach welcher Musik sollte sie heute laufen? Sie liebte sie alle. Ich lauf zwei Kurzprogramme und zwei Küren. Ich kann aber auch ruhig zwei Kurzprogramme und drei Küren laufen. Ich mach ja die Sprünge alle bloß einfach und dreh die Pirouetten nicht voll. Sie entschied sich für drei Küren und drei Kurzprogramme. Doch erst nachdem sie sich umgezogen hatte und den Chip mit den Musiken programmieren wollte, den sie gleich auf dem Eis an einem Gürtel tragen würde, war sie in der Lage zu entscheiden, was sie laufen wollte.

Jede Musik hatte ihre eigene Stimmung, in jeder spielte sie eine andere Rolle. In The Lark Ascending, zu der Yuna vor acht Jahren in dem blauen Seidenkleid bei ihrer ersten Weltmeisterschaft gelaufen war, war sie eine Lerche am frühen Morgen. In Miss Saigon eine asiatische Prinzessin, ihre Lieblingsrolle. In Les Miserables, ein unglückliches Mädchen, das mit ihrer Liebe und Treue das Glück findet. Am schwierigsten war es, wenn die Musik nichts als Musik war, so dass sie nicht über eine Rolle in sie hineinschlüpfen und sich in der Musik verwandeln konnte. Dann musste sich die Musik allein über die Choreographie in ihr entfalten. Über die wundervollen Choreographien von David Wilson. Und über ihre Erinnerung, was Yuna Kim auf dem Eis daraus gemacht hatte. An schlechten Tagen kam es vor, dass sie das Programm, auf das sie sich den ganzen Tag gefreut hatte, plötzlich abbrach. Voller Scham. Als hätte sie ihr Idol beleidigt.

Die Gershwin-Kür, mit der Yuna Kim Olympiasiegerin geworden war, war sie nur zwei Mal gelaufen. Nach dem zweiten Mal hatte sie das Gefühl, etwas Verbotenes getan zu haben. Sie schwor: Nie wieder! Niemand durfte jemals wieder nach dieser Musik laufen. Ihre Mozart-Kür in einem Seidenkleid von der gleichen Art und dem gleichen Hellblau wie es Yuna Kim 2007 getragen hatte, war etwas Anderes. Davon hatte sie geträumt, seit sie sieben Jahre alt war und sie zum ersten Mal gesehen hatte. Die Erinnerung daran war eines der Hilfsmittel, mit denen sie schlechte Phasen beim Training überwand, Schmerzen oder auch Zeiten, in denen sie es einfach mal satt hatte.

Ihr erstes Programm an diesem Morgen war der Walzer aus der Fledermaus, auch wenn Yuna damals mit einem Sturz beim dreifachen Lutz in diesem Kurzprogramm ihre Chance auf den Weltmeistertitel verloren hatte. Es war der schönste Walzer, den irgendeine Eiskunstläuferin jemals gelaufen war. Wenn die Preisrichter sie gerecht bewertet hätten, wäre sie wahrscheinlich trotzdem Weltmeisterin geworden. Herr Tomlinson, der seit über zwanzig Jahren ein international anerkannter Trainer war, hatte ihr erklärt, weshalb so etwas immer wieder passierte: Ein Drittel der Preisrichter versteht es nicht, ein Drittel will es nicht verstehen, und das dritte Drittel ist für die Gerechtigkeit zuwenig.

Zum Schluss wollte sie Adios Nonino laufen, auch wenn sie jetzt schon wusste, dass sie wieder heulen würde. Es war Yunas Abschiedskür. „I want my last trace to be beautiful“, hatte sie gesagt. Queeny konnte diesen Satz nur auf Englisch denken, so wie sie ihn im Internet gelesen hatte. Und als sie jetzt die im Frühlicht des Spätsommertages schimmernde Eisfläche betrat und an ihn dachte, kamen ihr schon wieder fast die Tränen.

Eine knappe halbe Stunde war vergangen, als Queenys schöner Rausch mit den letzten Takten von Adios Nonino zu Ende ging. Die Bilder des Films, der mit Yuna Kims dramatischem Schluss ihres Tangos vor ihrem inneren Auge ablief, waren so machtvoll und die Bewegung dazu in Rhythmus und Ausdruck so schwierig, dass sie jedes Mal nach dem letzten Akkord sekundenlang wie ein Standbild in der Schlusspose verharrte. Für Momente eins geworden mit ihrem Vorbild, ehe sie über die nachlassende Körperspannung zu sich selbst zurückfand.

Nun saß sie auf der langen Bank vor der Reihe schmaler Garderobenschränke. Erschöpft von dem, was sie auf dem Eis durchlebt hatte, fand ihr Blick nirgends Halt, streifte die neben ihren bloßen Füßen umgekippten Schlittschuhstiefel, die nun wieder makellose Haut über ihren Schienbeinen, die offen stehende Tür ihres Spinds, in dem ein vergessenes Trainingskostüm hing. Nichts Gegenständliches konnte in ihrem leeren Glücksgefühl einen Gedanken befestigen, der sie in die Realität des Augenblicks zurückführen würde. Nichts, das in diesen Schwebezustand eindrang, während ihr Blick durch den Umkleideraum wanderte, in der Ecke neben der gemaserten Glastür zu den Duschen verharrte, sich zögernd löste, zurückkehrte, bis der Gegenstand, an dem ihr Blick hängengeblieben war, ein Signal in ihr auslöste: Eine Waage!

Ihr erster Impuls war aufzustehen und zu der Waage hinüber zu gehen. Der zweite Impuls folgte augenblicklich: Lass es! Sie würde es früh genug merken. Es war unausweichlich. Dann aber wäre es doch besser, wenn sie es wusste, bevor sie wieder aufs Eis ging. Spätestens beim ersten Dreifachsprung würde sie es spüren. Will Heemsoth hatte gesagt, ein Kilo Körpergewicht kostet einen Zentimeter Sprunghöhe. Schon ein bisschen zuviel Gewicht konnte ausreichen, dass man die letzte Drehung in der Luft nicht mehr ganz vollendete, sondern auf dem Eis nachdrehen musste und die Preisrichter den Sprung nicht mehr als Dreifach-, sondern bloß als Doppelsprung bewerteten. In den drei Wochen ihrer Verletzungspause war sie nicht ein einziges Mal mehr auf die Waage gestiegen. Ihr Wettkampfgewicht war 47 Kilo +/- 200 Gramm.

Du erfährst es sowieso, also steig auf die Waage. Sie blieb sitzen. Ihre Hände tasteten die Konturen ihrer Hüften ab. Sie streckte die Beine aus und betrachtete den Ansatz ihrer Oberschenkel. Queeny wusste und war immer stolz darauf gewesen, dass man ihrem Körper ein Pfund Übergewicht nicht ansah. In diesem Augenblick war das etwas Beunruhigendes.

Isabel, ihre beste Schulfreundin, hatte sich innerhalb eines Vierteljahrs total verändert. War ein paar Zentimeter gewachsen, hatte einen großen Busen bekommen und auch unten herum zugelegt. Sie sah fabelhaft aus. Für sie als Eiskunstläuferin wäre es jedoch eine Katastrophe. Ihre schöne, nadelgrade Sprungachse wäre ruiniert. Eine Eisläuferin, die an Busen und Po zunimmt, rotiert beim Sprung in der Luft wie ein schlecht ausgewuchteter Autoreifen. Mehr als einmal hatte sie das von Trainern gehört. Sie selbst hatte sich diesen Spruch niemals anhören müssen.

Allerdings würde sie gerne noch zwei Zentimeter wachsen. Dann wäre sie 1,64 Meter groß – wie Yuna Kim. Es war ein Risiko. Zwei Zentimeter konnten die Sprungtechnik total durcheinander bringen. Eine Biomechanikerin von der

Universität hatte es ihr im vergangenen Jahr mit Computer-Bildern erklärt. Als sie Zwölf war, hatte man für eine Wachstumsprognose ihre Handwurzelknochen vermessen. Dann hatten sie noch Untersuchungen gemacht mit ihrem Körperfett und ihrer Muskelfaserstruktur. Das meiste hatte sie nicht verstanden, es war ihr auch egal. Doch sie erinnerte sich noch gut an ihre Freude, als Herr Tomlinson sagte, sie hätte alle Voraussetzungen für die Idealfigur einer Eiskunstläuferin.

Sie lächelte, erhob sich von der Bank und ging zur Waage hinüber. Setzte zaghaft einen Fuß auf die Gummimatte, zog den anderen nach, schloss die Augen, einmal einatmen, einmal ausatmen – Mit einem kleinen Schrei sprang sie von der Waage herunter und riss die Arme hoch: 47,2 Kilo!

Am folgenden Montag kehrte sie zum Training zurück. Ihr Körper, der mit höchster Sensibilität auf Sekundenbruchteile reagierte, schien die drei Wochen, die sie nicht auf dem Eis war, gar nicht registriert zu haben. Sie lief sogar schon gleich wieder das neue Kurzprogramm und die neue Kür durch. Ihr Trainer ließ sie die Dreifachsprünge allerdings nur doppelt machen. Nicht gleich alles auf einmal, sagte Will Heemsoth. Doch, dachte sie und lachte ihn an. Das Timing in den neuen Programmen war perfekt. Trotz drei Wochen Pause. Jeden Abend hatte sie in den vergangenen Wochen vor dem Einschlafen die Musiken gehört und war im Geiste dazu ihre neuen Programme durchgelaufen.

Queeny kam so schnell wieder in Form, dass ihre Trainer Heemsoth und Tomlinson beratschlagten, ob sie den dreifachen Rittberger nicht vielleicht schon in diesem Jahr wieder in ihre Kür einbauen sollten. Der Lutz und der Flip waren schwieriger, doch irgendwie hatte Queeny beim Rittberger das Selbstvertrauen verloren und wenn das Selbstvertrauen nicht da war, wurde man unsicher im Bewegungsablauf. Ein unsicherer Sprung war ein Risikofaktor. Er konnte die ganze Kür ruinieren.

„Ich glaube, sie braucht den Rittberger gar nicht. Die Qualität ihrer Sprünge und Pirouetten ist so hoch, dass sie auch so genug Punkte bekommt“, meinte Heemsoth. Sein Gegenüber nickte. „Wozu ein Risiko eingehen. Sogar Yuna Kim ist den Rittberger nicht mehr dreifach gesprungen, nachdem er einmal etwas unsicher geworden war.“ Yuna Kim, meinte Heemsoth, sei kein Maßstab. „Eigentlich nicht“, stimmte Tomlinson zu, „aber irgendwie ein bisschen ja doch.“ Die beiden Männer grinsten sich über den Tisch hinweg an, weil sie wussten, dass sie in diesem Augenblick exakt dasselbe dachten: Unsere Queeny.

Dann war der Augenblick gekommen, in dem sich entscheiden sollte, ob sich ein Wunschtraum erfüllen würde, von dem eine Lehrerin in mittleren Jahren, nimmt man den Verlauf ihres Lebens und wie sie sich in ihm eingerichtet hatte zum Maßstab, völlig unprogrammgemäß überfallen worden war. Sie hätte es sogar selbst miterlebt, wären nicht an diesem Abend wegen eines Vorfalls in der Schule, sämtliche in einer bestimmten Klasse unterrichtenden Lehrkräfte zu einer Konferenz zusammengerufen worden. Seit sie beim Training Queeny zum ersten Mal live erlebt hatte, richtete sie ihre Zeit so ein, dass sie mindestens einmal in der Woche zu einem Training erscheinen konnte. Und an diesem Tag stand in ihrem Kalender: 20.30 Uhr Training Queeny.

Queeny war gespannt auf die Musik von der Lehrerin. Tomlinson und Heemsoth ließen sich nicht anmerken, dass sie von der Aktion nicht viel hielten, die Choreographin war skeptisch. Die ersten Takte. Trainer und Choreographin sahen sich an. Tomlinson schüttelte den Kopf und machte eine Geste, die ausdrückte: zu langsam. „Wartet doch mal“, sagte die Choreographin. Queeny bekam nichts davon mit. Die Musik war wunderschön, aber wie sollte sie danach eislaufen?

Die Trainer waren sich einig, als das Stück zu Ende war. Wunderschön, aber bis auf den lebhaften Mittelteil zu Beginn der dritten Minute zu langsam. „Queenys Temperament ist nicht nur Adagio, sondern genauso Prestissimo“, meinte Heemsoth. „Ja“, sagte Tomlinson, „ein bisschen viel Adagio. Da schlafen ihr ja die Füße ein. Was meinst Du Christina?“ Statt zu antworten, sagte die Choreographin: „Lass noch mal den Anfang hören. Bis zu der Stelle, wo die Geige und das Cello einsetzen.“ Queeny lächelte, weil das genau die Stelle war, an der sie zum ersten Mal gedacht hatte, wie schön es wäre, nach dieser Musik zu laufen.

Geige und Cello kamen nach dreißig Sekunden. Christina Surmann drückte die Stopp-Taste und sagte: „Es ist langsam, stimmt. Aber wenn sie auf jeden Takt einen Schritt macht, dann wird es schnell.“ – „Spiels noch mal“, sagte Tomlinson, und sie hörten noch einmal die ersten dreißig Sekunden des Klaviers und einige Sekunden weiter in den Teil der Streicher hinein. „Das wäre mal etwas ganz Anderes“, meinte Will Heemsoth. Die Drei dachten das Gleiche: Normalerweise konnten die Schritte das Tempo der Takte nicht

1:1 übernehmen, so dass sie über die melodische Linie den Einklang mit dem Tempo der Musik finden mussten. „Die Schwierigkeit ist“, meinte die Choreographin, „dass der Körper bei dieser Musik viel Zeit hat. Und die muss er ausfüllen und dabei die Musik ausdrücken können. Was sagst du denn dazu?“ wandte sie sich nun an Queeny. Sie musste ihre Frage wiederholen, weil Queeny nicht zugehört hatte.

„Ich weiß nicht“, antwortete sie. „Ich hab gerade an Meditation de Thais gedacht. Wie Yuna Kim danach gelaufen ist. Die könnte bestimmt nach dieser Musik laufen.“ Will Heemsoth sah sie an und hatte wieder das kleine Mädchen vor Augen, das vor fast zehn Jahren sehnsüchtig auf das Paar rote Schlittschuhe mit gelben Schnürbändern gestarrt hatte. „Yuna läuft ja nun nicht mehr.“ Er räusperte sich, weil er auf einmal ganz gerührt war, „dann musst du eben ran.“

Und so wurde beschlossen, dass sie nach der Weltmeisterschaft im kommenden März, wenn die Saison zu Ende war, einmal ausprobieren wollten, ob man aus dieser Musik tatsächlich eine Kür zusammenbauen konnte.

In der langen, zur Eishalle führenden Kastanienallee wurde es bereits ab Mitte Oktober heller, weil die Kastanien die ersten Blätter verloren.

Will Heemsoth meinte, der Autoverkehr und seine Abgase seien schuld daran. Nachmittags strömte das Licht nun voller durch die hohe Fensterwand der Eishalle. Queeny liebte diese Zeit, obwohl die Sonnenkringel auf dem Eis sie manchmal blendeten. Wenn es zu stark wurde, brauchten sie jedoch bloß die Lichtstärke der Scheinwerfer unter der Hallendecke hochzufahren, die senkrecht auf die Eisfläche schienen.

Gestern war sie mit Will Heemsoth von einem Aufbauwettbewerb in Finnland zurückgekehrt, wo sie zum ersten Mal ihre neuen Programme im Wettkampf ausprobiert hatte. Sie kamen bei den Preisrichtern so gut an, dass Queeny den Wettbewerb mit großem Vorsprung gewann. Heemsoth wollte ihr zur Belohnung einen Tag trainingsfrei geben. Doch sie wollte keinen Tag Pause. Während sie ihre Runden drehte, um sich für das Training warmzulaufen, dachte sie daran, was sie der Musiklehrerin aus ihrem Hotelzimmer in Turku geschrieben hatte. In ihrer letzten Mail hatte sie sie nämlich gefragt, was für sie eigentlich das Tolle am Eiskunstlauf sei?

Obwohl es ganz klar war, ließ sich die Frage nicht so leicht beantworten. Als sie jetzt über das Eis fuhr, den Fahrtwind an den Händen und im Gesicht spürte, war es wieder wie ein Wispern, das sie von ihren Kufen vernahm, und sie dachte, genauso ist es. Genau so, wie ich es geschrieben habe. „Ich fühle mich einfach frei da draußen auf dem Eis“, hatte sie geschrieben. „Man gleitet dahin und der Wind kommt einem entgegen, und man fühlt sich wie ein Vogel. Also, dass man fliegen kann. Und du tust, was du willst.“ Und du willst, was du musst, hätte sie noch hinzusetzen können. Doch weshalb sollte sie etwas hervorheben, das ihre Wirklichkeit bestimmte, seit sie ein kleines Mädchen von sieben Jahren war.

Ihr Training war heute früher als sonst angesetzt, weil sie am Abend noch für eine Klassenarbeit lernen musste. Hinter dem Geflecht der bereits schütteren Kastanien schien die Nachmittagssonne durch die hohen Fenster in die Trainingshalle hinein und warf die Schatten der Bäume auf die Eisfläche, wo sie das blasse Spiegelbild einer Welt abgaben, in der es Autos und Straßenbahnen und Leute ohne Schlittschuhe gab. Und das nach und nach von Queenys Schlittschuhspuren zugedeckt wurde.

Der Oktober ging dem Ende zu. In Gedanken war Queeny bereits bei ihrem ersten Grand Prix-Wettbewerb in Kanada. Sie nahm es als gutes Zeichen, dass ihr Start in die Grand Prix-Serie bei

Skate Canada war. Kanada hatte Yuna Kim Glück gebracht.

Eines Nachmittags wurde sie auf dem Weg zur Garderobe in das Geschäftszimmer des Klubs gerufen. Ein Brief war für sie gekommen. Sie blickte auf den Absender. Eine große Automarke. Was wollten die denn? Ich hab doch noch gar keinen Führerschein, dachte sie, steckte ihn in ihre Trainingstasche und marschierte in die Garderobe, um sich umzuziehen.

„Und du hast ihn noch nicht aufgemacht?“ fragte Will Heemsoth. Er wusste bereits von dem Brief. Sie schüttelte den Kopf. „Warum? Ich weiß nicht was die wollen.“ Heemsoth lachte. „Vielleicht wollen sie Dich.“ Sie sah ihn an. Begriff, was er meinte. „Soll ich ihn holen?“ – „Lieber erst nach dem Training.“

An diesem Tag stand reines Techniktraining auf dem Programm. Vor allem die Sprung-Kombination gleich zu Beginn ihrer Programme, dazu Pirouetten, der Serpentinenschritt von Christina, der geradezu David-Wilson-Format hatte. Hochkompliziert in der Technik, dabei in der Form so klar, dass das Komplizierte über den Ausdruck unsichtbar wurde. Falls man in der Lage war, ihn entsprechend zu laufen. Queeny konnte es! Würde mich gar nicht wundern… dachte Will Heemsoth, führte den Gedanken jedoch nicht zu Ende. Der Brief und vor allem der Absender gingen ihm während des Trainings nicht aus dem Kopf.

Queeny hatte ihn schon vergessen, so dass er sie nach dem Training erst wieder an den Brief erinnern musste. Sie verschwand in der Garderobe, wechselte die Schlittschuhstiefel gegen die weißen prospect-Sneaker aus der Yuna Kim Collection, die sie sich über ebay aus Seoul hatte schicken lassen, suchte den Brief in ihrer Trainingstasche und kehrte mit ihm in die Eishalle zurück. Auf dem kleinen Tisch vor der Musikanlage falteten sie ihn auseinander. Lasen. Schwiegen. Sahen sich an.

„Du wirst ein paar neue Trainingsjacken brauchen“, sagte Heemsoth so cool wie möglich. „Wieso?“ Dann begriff sie. Gleichzeitig brachen sie in Lachen aus. Noch niemals, nicht einmal nach dem Gewinn der Bronzemedaille bei der Weltmeisterschaft, hatte Will Heemsoth sein „koreanisches Kind“, wie er sie manchmal nannte, im Arm gehabt. Freude, Zuneigung, drückte sich bei ihr anders aus, stiller, subtiler. Dies war das erste Mal. Der große Automobil-Hersteller hatte Queeny einen Sponsorenvertrag angeboten.

Auf dem Heimweg sah sie sich in einem schwarzen Trainingsanzug und auf ihrer Jacke war rechts unterhalb ihrer Schulter das Logo der Automarke aufgenäht. Bei Yuna Kim war es ein gelbes Rechteck. Die KB Bank in Seoul war ihr erster Sponsor gewesen als Yuna sechzehn Jahre alt wurde und ihre Familie nicht mehr wusste, wie lange sie noch die Kosten für Trainer, Eismiete, Schlittschuhe, Wettkampfreisen aufbringen konnten. Eigentlich brauche ich doch gar keinen Sponsor, dachte Queeny. Hier sorgen ja alle für mich, und ich brauche überhaupt nichts zu bezahlen. Sie sah wieder die Zahl in dem Brief vor sich. Die Summe, die ihr angeboten wurde, falls sie dem Unternehmen für Werbemaßnahmen zur Verfügung stünde und ihr Logo auf ihrer Trainingskleidung trüge.

Der Vertrag solltc bis zu den Olympischen Spielen in Pyeongchang laufen. Nur, dass sie ihn nicht selbst unterschreiben durfte, weil sie noch nicht volljährig war. Am folgenden Tag saß sie nach der Schule der Oberin des Stifts Heiliges Herz in ihrem Büro gegenüber.

Nachdem sie den Brief zweimal langsam durchgelesen hatte, ließ die Oberin ihn sinken und sah Queeny an. Häufig war dieser ernste, freundliche Blick mit einer Erklärung oder einer Aufgabe verbunden, die im ersten Moment das Leben komplizierter und schwieriger zu machen schien, während die Oberin versicherte, es werde dadurch leichter und reicher. Queeny spürte ihr Herz klopfen.

Schließlich sagte sie: „Ich freue mich für dich Stella.“ Queeny nickte ihr einen Dank über den Schreibtisch hinüber. „Hast du schon einmal darüber nachgedacht, was du mit dem vielen Geld machen willst?“ Queeny sah sie an, als erwarte sie die Antwort darauf von ihr. Als würde die Oberin ihr jetzt die Bedeutung dieser Zahl erklären, die immer noch außerhalb ihrer Vorstellungswelt lag.

Gestern Abend hatte sie vor dem Schlafengehen im Internet gleich nach dem Yuna Haptic gesucht. Es war das Handy, das ihr Sponsor vor den Olympischen Spielen in Vancouver herausgebracht hatte und das in einem halben Jahr eine Million Mal verkauft worden war. Sie hatte es sich damals so sehr gewünscht, aber in den Berliner Läden wusste kein Mensch davon, nicht einmal bei Samsung. Wenn ich so viel Geld hab, hatte sie sich gestern gesagt, dann besorg ich es mir jetzt einfach in Korea. Und wenn es tausend Euro kostet! Sie fing an zu lachen und machte eine Handbewegung, mit der man eine Fliege verscheucht. Tausend Euro. Na und? Lachte und lachte. Na und, na und?

Doch als sie jetzt in das freundliche, ernste Gesicht ihrer Oberin sah, die seit ihrem dritten Lebensjahr ihr gesetzlicher Vormund war, wusste sie nicht, was sie sagen sollte. Der Brief, die Zahl, die Folgen… Ihre Gedanken umfassten es noch nicht ganz. „Ich weiß es nicht“, sagte sie. „Irgendwie ist es eigentlich gar nicht so wichtig.“ – „Nein“, sagte die Oberin. „Ist es nicht. Das hast du schön gesagt. Aber es ist ein schönes Geschenk.“ Eine kleine Pause entstand, in der für beide ohne es zu ahnen Queenys Geschichte im Kinderheim des Stifts bis zum heutigen Tag abrollte.

„Ich möchte dir gerne etwas auf deinen Weg mitgeben“, sagte die Oberin. „Nimm nie eine einzige Sache so wichtig wie das ganze Leben.“ Queeny nickte. „Das wäre ungerecht dem Leben gegenüber.“ Sie versprach es.

„Und wenn du einmal woanders wohnen möchtest, dann sagst du es mir, ja?“

Sie hatte der Oberin daraufhin erklärt, dass sie gerne hier bleiben wolle, in ihrem Zimmer im Kinder- und Jugendheim des katholischen Stifts. Dies sei doch ihr Zuhause. Auf jeden Fall bis zu den Olympischen Spielen.

Dann bin ich Neunzehn, dachte sie nun in ihrem Bett. Und dann? Zum ersten Mal wurde ihr bewusst, dass nach den Olympischen Spielen in Pyeongchang noch ein ganzes Leben vor ihr lag. In dieser Nacht hörte sie noch lange die Straßenbahnen fahren.

Die Geschichte von Helga Drei

Der Sonntagmorgen nach meinem Trainingsbesuch war sonnig und still. Die Stille ist ein Stück Lebensqualität, das wir Bewohner auf dieser Seite unserer Straße dem verwilderten Brachland mit den stillgelegten S-Bahngeleisen zu verdanken haben, das an unsere Hinterhöfe grenzt. Im Bademantel bereitete ich mein Frühstück. Zwei goldbraune Scheiben Weißbrot sprangen mit einem Schnapp aus den Toaster-Schlitzen. Der Dampf des frisch aufgebrühten Milchkaffees zog durch einen Streifen Sonnenlicht, unter dem eine Portion Rührei glänzte. Ich lud mein Frühstück auf ein Tablett und ging ins Wohnzimmer. Seit sie mir auf die Sendung mit der CD geantwortet und unsere Korrespondenz begonnen hatte, fuhr ich den Computer nicht mehr vor dem Frühstück hoch. Die Ereignisse des Tages waren wieder vorhersehbar geworden.

Neben mir lag die Wochenendausgabe der Zeitung. Wieder einmal mit einem Riss quer über die erste Seite, weil sie so dick ist, dass ich sie fast nie heil aus dem Briefkastenschlitz heraus bekomme. Auf dem Schreibtisch wartete ein Stapel Hefte auf mich, eine Klassenarbeit, die ich durchzusehen hatte. Zwei kleine weiße Wolken zogen langsam zwischen dem grünen Streifen des Brachlandes und der Oberkante meines Fensters über den leeren Himmel. Ich sah ihnen nach. Ein Satz aus Queenys Brief fiel mir ein. „Wenn ich eislaufe, hat jede Stimmung ihre eigene Bewegung und ihre eigene Geschwindigkeit, und dann verwandele ich mich darin.“ Ich dachte darüber nach, ob es etwas gäbe, in das ich mich gerne verwandeln würde.

Nun hatte ich sie also tatsächlich leibhaftig gesehen. Der Eindruck vom Videoband damals in ihrem hellblauen Seidenkleid und das gestrige Erlebnis in der Trainingshalle waren in der Nacht zu einer Wirklichkeit miteinander verschmolzen. Jeder Traum, dachte ich, hat auch seine Realität. Aber nur die wenigsten können die Realität großer Träume aushalten. Jetzt hast du gesehen, was bei ihr dahinter steht. Sieh sie dir doch noch einmal auf dem Video an.

Der Impuls war jedoch zu schwach, um mich meine bequeme Lage auf dem Sofa aufgeben zu lassen.

Eine Müdigkeit war über mich gekommen, während ich jetzt an sie dachte. Als hätte mich der Ausflug in ihre Welt erschöpft. Ich sah den Wolken nach. Gerade eben hatte ich doch etwas gewollt. Was war das noch gleich? Und da fiel mir ein, dass ich gar nichts gewollt hatte. Da war nichts, in das ich mich gerne verwandelt hätte. Wenn ich eine Eisläuferin wäre, vielleicht. Es müsste schön sein, sich in etwas Anderes zu verwandeln.

Mein Kindertraum fiel mir ein. Ein Teil davon hatte sich erfüllt, auch wenn man nicht sagen konnte, dass wir befreundet seien. Queeny war eine Prinzessin aus dem wirklichen Leben und immerhin schrieben wir einander Mails und sogar richtige Briefe. Ja, dachte ich, das ist alles tatsächlich passiert.

In einem ihrer Briefe hatte sie erzählt, es sei ihr Traum, bei den Olympischen Spielen in Pyeongchang eine Medaille zu gewinnen. Ich freute mich über diese vertrauliche Mitteilung. Bei meinen Internet-Recherchen stellte ich allerdings fest, dass dies längst eine allgemeine öffentliche Erwartung war. Sie war im schönsten Mediendeutsch ausgedrückt „eine deutsche Medaillenhoffnung“. Im ersten Moment war ich etwas enttäuscht. Irgendwie schien mir diese allgemeine Erwartung ihrem Eislaufen die Unschuld der reinen

Schönheit zu nehmen. Dann sah ich ein, dass das ein realitätsferner Gedanke war. Schließlich war sie keine schaumgeborene Göttin mit der Bestimmung die Welt zu beglücken, sondern eine Athletin, die den Wettkampf liebte, wie sie in Interviews immer wieder betonte, die Ziele hatte, dafür arbeitete und dafür litt. Alles in allem eine erdverbundene, handfeste Person.

Die CD mit meiner Kürmusik war auf einmal gar nicht mehr so wichtig. Wäre schön, wenn sie eines Tages danach liefe, viel wichtiger aber war, dass sie in Pyeongchang eine Medaille gewänne. Ich sah sie schon dort oben auf dem Siegertreppchen stehen, einen Blumenstrauß im Arm, ihre Medaille um den Hals und nickte mir selber zu. Welch ein schöner, beseligender Trost für die eigene durchschnittliche Existenz.

Mein Frühstück hatte ich beendet. Ich nahm die Zeitung vom Boden hoch, blätterte ein wenig herum und ließ sie wieder neben das Tischbein sinken. Unter der Vormittagssonne leuchteten die ersten gelben Blätter aus Büschen, Erlen und Birken hervor. Wenn ich mich etwas aufrechter setzte, konnte ich das blasse Rosa der wilden Rosen vor der dunkel angelaufenen Ziegelmauer des verlassenen Bahn-Betriebsgebäudes sehen. Sommerende.

Bald war Oktober. Schon kamen die nächsten Ferien heran. Anfang November hatte sie einen wichtigen Wettbewerb in Kanada. Das war so weit weg. Ich räumte mein Frühstücksgeschirr zusammen und trug es auf dem Tablett in die Küche. Nachdem ich mich angekleidet hatte, setzte ich mich an meinen Schreibtisch und schrieb einen Brief an meine Freundin in London. In den Herbstferien wollte ich meinen Besuch bei ihr nachholen.

Bis dahin gab es noch viel zu tun. Also, dann mach mal. Gestern war ich von der Eishalle ganz beschwingt das lange Stück zu Fuß Richtung Schöneberg gegangen. Wenn ich wollte, konnte ich sie jeden Tag sehen. Während ich meiner Freundin schrieb, dachte ich einmal kurz daran.

Ich verschloss den Brief, versah ihn mit einer Briefmarke und fuhr den Computer hoch, um mir schon einmal einige Flugmöglichkeiten nach London herauszusuchen. Ich liebe London. Viel zu lange schon war ich nicht mehr dort gewesen. Und auch nach Kopenhagen, ebenfalls eine meiner Lieblingsstädte, wollte ich endlich wieder. Zwei Wochen Herbstferien. Es kam mir vor, als würde ich die Versäumnisse des vergangenen Sommers nachholen.

Der Entschluss kam so selbstverständlich, dass man es gar nicht Entschluss nennen konnte. Eine solche Willensentscheidung war auch nicht notwendig. Ich bin nicht sicher, ob er über eine reine Willensentscheidung überhaupt zustande gekommen wäre. Er ergab sich einfach aus der Geschichte des vergangenen halben Jahres, die mit dem gestrigen Tag ihren Abschluss gefunden hatte. Da stand sie an der Bande bei ihrem Trainer, gerade mal einen Meter entfernt von mir, so dass ich hörte, wie sie mit ihm sprach. Über ihr Fluggefühl nach dem Absprung zum dreifachen Flip zum Beispiel. Sah das leise Lächeln auf ihrem Gesicht, wie ich es draußen auf dem Eis schon an ihrem Körper erkannt zu haben meinte, ihre schmale Hand, die das Kleenextuch aus der Box zupfte, und wie sie sich mit dieser kindlichen Geste die Nase putzte. Nur ein Wort von mir – ich bins! Wie sie wohl reagiert hätte. Doch ich sagte es nicht. Und als ich mich jetzt daran erinnerte, kam der Gedanke wie von selbst: Es hatte sich erfüllt. Alles, was ich mir ohne es zu wissen an jenem Märzabend gewünscht hatte, als ich sie zum ersten Mal sah, in ihrem hellblauen Seidenkleid.

Es folgten dann noch ein paar Erklärungen aus dem praktischen Leben, mit denen ich meinen Entschluss untermauerte. Dass für sie jetzt die neue Saison begonnen hatte, der Weg zur nächsten Weltmeisterschaft, dass die Weltmeisterschaft nur eine Etappe auf ihrem Weg nach Olympia war, dass sie von Menschen umgeben war, die sich um die Verwirklichung ihres Traums kümmerten, dass sich unser e-Mail-Verkehr mit der Zeit sowieso ausdünnen würde. Die schöne Geschichte war zu Ende. Lass es gut sein. Ich wünschte ihr alles Glück.

Und am folgenden Samstag saß ich nachmittags kurz nach Vier wieder in der Cafeteria der Eishalle und wartete auf den Beginn ihres Trainings. Dieses Mal sah ich von der anderen Längsseite der Halle zu, wo weniger Leute standen. Von dort konnte ich das Training freier beobachten als in ihrer unmittelbaren Sphäre.

An diesem Tag arbeitete sie mit zwei Trainern. Den an der Bande neben der Musikanlage hatte ich schon vor einer Woche gesehen. Der andere hatte Schlittschuhe an den Füßen und war mit ihr und einer blonden Frau in meinem Alter, ebenfalls mit Schlittschuhen, auf dem Eis. Es musste ihre Choreographin sein, denn sie machte Queeny eine kurze, eindrucksvolle Bewegungssequenz vor, deren Ausdruck sie durch die Geste einer Hand und einer ganz leichten Drehung des Kopfes unterstrich. Queeny nickte und machte sie nach.

Der Trainer an der Bande rief etwas zu ihnen hinüber, das ich wegen des Halls in der großen Halle nicht verstand. Der Trainer auf Schlittschuhen wiederholte die Drehung, die die Choreographin vorgemacht hatte allerdings ohne Handbewegung und Kopfdrehung, rein technisch sozusagen und führte sie in einige Schritte hinein. Anschließend wiederholte er es gemeinsam mit Queeny. Die Drei besprachen sich auf dem Eis. Queeny wiederholte die Sequenz nun alleine. Zweimal nur technisch, dann mit Geste und Kopfdrehung. Die Choreographin lief die Sequenz noch einmal, offensichtlich um Queeny zu verdeutlichen, worum es bei dieser Bewegung ging und wic sie es ausdrücken solle. Anschließend liefen beide die Sequenz einige Male gemeinsam durch. Zu meiner Überraschung sah sie bei der Choreographin geschmeidiger, ja schöner aus. Gegen ihren Bewegungsfluss wirkte Queeny fast ein bisschen ungelenk. Doch mit jedem Mal glich sich ihr Bewegungsfluss dem der Choreographin weiter an. Die Choreographin nickte, der Trainer auf Schlittschuhen machte ein Zeichen zu seinem Kollegen an der Bande.

Ich erkannte die Musik sofort wieder. Es war ihre neue Kürmusik. Queeny stand nun allein in der Mitte der Eisfläche, machte einige unbestimmte

Schritte und Drehungen, als würde sie die Musik suchen – plötzlich fuhr eine Spannung in ihren Körper. Wie ein Stromstoß, mit dem ihre Gestalt nun an die Musik angeschlossen war... Schon war sie in der Sequenz, die sie soeben mit der Choreographin durchgegangen war, die Handbewegung, die Drehung des Kopfes – und auf einmal hatte ich sie wieder in ihrem hellblauen Seidenkleid vor mir, so leicht, so schön.

Die Musik verstummte, Augenblicke später erklang sie erneut. Dreimal, viermal. Mit jedem Mal wurde die Sequenz schöner und ausdrucksvoller. Als würde sich ihr Körper nach und nach von der Vorstellung befreien, nach der sie sie eingeübt hatte und sich nun in das verwandeln, was in der Musik lag und sich über Gesten, Schritte konkretisierte. Ich erinnerte mich an ein Wort ihres Trainers, von dem sie einmal geschrieben hatte: Schönheit ist Arbeit.

Nun gab es eine kleine Pause, in der sie in der Garderobe verschwand. Trainer und Choreographin unterhielten sich angeregt an der Eisbahn. Ich wäre gerne zu ihnen hinüber gegangen, um zu hören, was sie sagten. Traute mich aber nicht. Ich wollte auch nicht auffallen, schließlich war ich fremd hier. Das waren also die Menschen, denen sie sich anvertraute, mit deren Hilfe sie geworden war, wie ich sie vor einem halben Jahr vor dem Fernseher erlebt hatte. Mit Neugier, Erstaunen, Bewunderung sah ich zu ihnen hinüber. Beinahe wie in einem Zoo. Die hatten alle meine Musik gehört, darüber diskutiert und wollen sie im nächsten Frühjahr für Queeny ausprobieren. Es war nicht zu fassen. Für einen Moment wurde ich mir selber fremd. Als hätte ich mich in einer andere Person verwandelt.

In der zweiten Hälfte ihres Trainings lag der Schwerpunkt auf einer vielleicht eine halbe Minute langen Sequenz. Sie begann mit einer Arabeske aus einer Schrittfolge heraus, führte dann über einen so weiten Bogen, dass er fast parallel zur Begrenzung der Eisbahn verlief, in den Anlauf zu einem Dreifachsprung hinein, Absprung, Landung, schon glitt sie in die nächste Arabeske hinein, die in einer Pirouette endete. Wohl ein halbes Dutzend Mal lief sie dieselbe Sequenz ohne Musik. Gegen Ende des Trainings lief sie sie schließlich zur Musik. Es war abermals ihre Kürmusik, eine Filmmusik, wie sie mir vor einiger Zeit voller Freude geschrieben hatte.

Dann war es zu Ende. Sie knickste zu den beiden Seiten, wo die Leute standen und applaudierten. Ich war völlig durchgefroren, meine Beine eiskalt. Die ganze Zeit hatte ich an der Bande gestanden.

Queeny verließ das Eis. Ich ging in die Cafeteria hinauf, um mich mit einem Milchkaffee innerlich aufzuwärmen. Ah, und ein Stück Butterkuchen.

Es war schon nach Sieben, ich zahlte und brach auf. Als ich das Foyer erreichte, schritt sie gerade im Trainingsanzug durch die große Flügeltür und verließ die Eishalle. Ich folgte ihr. An der Tür blieb ich stehen, sah ihr nach, wie sie mit ihrem Kofferroller den Weg zur Straße hinunter ging. Wie eine meiner Schülerinnen, dachte ich. Kurz blieb sie stehen, um sich zwei Stöpsel in die Ohren zu stecken. Wirklich wie eine meiner Schülerinnen, ein ganz normales junges Mädchen. Und ich verstand nicht, weshalb das auf einmal ein trauriger Gedanke war.

Am folgenden Wochenende hatte ich eine Fortbildung in Dresden. Die ganze Woche war ziemlich voll mit Terminen und Arbeit. Also opferte ich den Donnerstagabend, meinen Kinoabend. Ihr Training begann erst um 20.30 Uhr. Ich beschloss, statt zu Hause, in der Cafeteria der Eishalle Abendbrot zu essen. Kurz nach Acht erschien sie in der Halle und begann sich für das Training aufzuwärmen. Es überraschte mich, dass auch an einem Wochentag abends soviel Leute zu ihrem Training erschienen.

Sie stand an der Bande, beugte sich hinunter,

um noch einmal die Verschnürung ihrer Schlittschuhstiefel zu prüfen und lief einige Runden um die Eisfläche. Jedes Mal staunte ich, wie sie es fertig brachte, mit nur drei, vier Schritten ein solches Tempo zu entwickeln. Keine andere war so schnell wie sie. Nach zehn Minuten zog sie die Trainingsjacke aus. Das alles kannte ich nun schon. Es gefiel mir, mich in ihrer Welt aufzuhalten. Nachdem ich mich einmal entschlossen hatte, darin zu bleiben. – wozu, wie lange? darüber hatte ich nicht nachgedacht – fühlte ich mich gar nicht mehr so fremd. Heute kein Butterkuchen? hatte die Frau eben hinter dem Tresen gefragt und gelacht, als ich mir unter den Auslagen von belegten Brötchen, Obst, Salaten mein Abendessen zusammenstellte. Und das war jetzt gerade ein Doppel Axel. Ich beglückwünschte mich, dass ich ihn erkannt hatte.

In der Zeit, in der ich für meine Kürmusik Technik und Regeln des Eiskunstlaufs verinnerlichte, hatte ich mich natürlich auch mit den Sprüngen beschäftigt. Es ist nämlich nicht leicht, in einer Musik die Stellen für die Sprünge zu finden. Sie benötigen einen Anlauf und einen Auslauf, die je nach Sprung unterschiedlich viel Zeit beanspruchen. Und die Musik muss dazu passen. Jedenfalls weiß ich seitdem, dass der Axel der einzige Sprung ist, der aus einer Vorwärtsbewegung abgesprungen wird, alle anderen, insgesamt waren es sechs, kommen aus einer Rückwärtsbewegung. Nicht, dass ich sie unterscheiden könnte. Sprang man einen bestimmten Sprung von der Außenkante ab, dann war es ein Lutz, sprang man ihn von der Innenkante ab, war es ein Flip. Wie konnte man das so schnell erkennen? Der Lutz war schwieriger. Warum, war mir auch jetzt noch ein Rätsel. Queeny konnte sie sowieso beide. Na ja, was konnte sie nicht?! Und dies war jetzt eben ein Axel, ein Doppel-Axel, denn in der Luft hatte sie sich zweimal um ihre eigene Achse gedreht.

Dieses Mal blieb ich länger an meinem Tisch in der Cafeteria sitzen. Ich wollte mir nicht noch einmal solche Eisbeine holen, wie am vergangenen Samstag.

Der zweiter Kaffee kam. Queeny lief noch ohne Musik. Auf der Längsseite vor den großen Fenstern zur Kastanienallee hinaus standen wie üblich viele Leute, applaudierten nach jedem Sprung, riefen ihr etwas zu, wenn sie zu ihrem Trainer an die Bande fuhr. Sie reagierte allerdings nicht, und wieder war ich fasziniert von ihrer Fähigkeit, die sie umgebende Welt, in deren Mittelpunkt sie stand, vollkommen auszublenden.

Mein Blick wanderte über die Reihen der Zuschauer. Ob die wohl alle wie ich einen Doppel Axel erkennen konnten? Ob die alle wirklich wussten, was sie da auf dem Eis vollbrachte? Bei diesen Überlegungen bekam mein durch den Doppel Axel gerade noch gehobenes Selbstgefühl einen Dämpfer. Natürlich wussten die das. Das waren ihre Fans. Alle, die dort standen, gehörten zu ihrer Welt. Und in diesem Augenblick entdeckte ich sie. Direkt an der Bande, bloß etwas verdeckt von der Musikanlage. Unsere Klassenschönheit!

Die Cafeteria war inzwischen gut gefüllt, die Tische an den Fenstern zu Eishalle alle besetzt. Zwei Frauen und zwei Männer mit einem halbwüchsigen Jungen baten mich, sich an meinen Tisch zu setzen. Abwesend nickte ich ihnen zu. Weil bloß drei Stühle frei waren, schleppten sie von irgendwoher zwei weitere Stühle heran und bildeten einen engen Halbkreis um den Fensterausschnitt. Ich blieb sitzen. Die da unten musste mich hier nicht sehen.

Jetzt macht sie gleich Schluss, sagte der Mann neben mir am Tisch. Ich erinnerte mich, dass Queeny am vergangenen Samstag und am Samstag davor mit genau dieser Pirouette ihr Training beendet hatte. Wenn du ein Autogramm willst, musst du schnell hinunter gehen, sagte eine der Frauen zu dem Jungen. Keine Eile, sagte der andere Mann, jetzt läuft sie sich erst noch fünf Minuten aus.

Tatsächlich zog Queeny ihre Trainingsjacke an und lief nur noch locker um die Eisbahn. Die Leute an der Bande riefen ihr etwas zu, sie wandte den Kopf dorthin, woher die Rufe kamen, lachte und winkte. Ihr Trainer öffnete die kleine Pforte in der Bande, durch die sie gleich Richtung Garderobe verschwinden würde. Meine Klassenschönheit beugte sich auf einmal über die Bande, mit ihr mehr als ein Dutzend andere die ganze Längsseite hinunter und alle hielten ihre Hände ausgestreckt zur Eisbahn. Queeny drehte eine Kurve und lief noch einmal an ihnen allen entlang, berührte dabei mit ihrer Hand das Spalier der ausgestreckten Hände. Dann ging sie vom Eis.

Die Halle leerte sich, die Cafeteria leerte sich. Die Klassenschönheit verließ gemeinsam mit einigen anderen Mädchen, die ich nicht kannte, die Halle. Die Kellnerin war an meinen Tisch getreten. „Wir machen erst um Elf zu“, sagte sie.

„Schön“, sagte ich, „dann bringen Sie mir doch bitte noch...“ Ich überlegte, Minerealwasser wäre jetzt wohl angebracht. „Noch einen Milchkaffee“, fragte sie. Ich nickte. „Ja. Noch einen Milchkaffee.“ Wie seltsam das war. Es gab etwas, worin sich unsere Lebenskreise überschnitten.

Hätte ich niemals für möglich gehalten. Andererseits passte sie in diese Welt von Glamour und Glitzer. Leise lachte ich vor mich hin. Meine Klassenschönheit ist ein Fan Girl. Queenys Fan Girl. Dabei ist sie älter als sie. Wie sie dort zum Schluss mit den anderen stand und kreischte, sich vorbeugte und die Hand ausstreckte! Wahrscheinlich kannte sie Queeny schon viel länger als ich. Einen kurzen, dummen Gedanken lang fühlte ich mich vom Leben mal wieder zurückgesetzt.

Man kann sich kaum zwei unterschiedlichere Menschen vorstellen, als unsere Klassenschönheit und mich. Und doch liebten wir dasselbe. Nicht nur wir. Ihrem Training sahen Männer und Frauen in jüngeren und mittleren Jahren zu, ältere Herren, vor allem auch ältere Damen, die saßen freilich im Café, kleine Mädchen, halbwüchsige Jungen, Mädchen im Oberstufenalter. Jeder von uns sah etwas in Queeny, das ihn auf ganz eigene Weise berührte. Was war dieses „etwas", durch das wir über sie miteinander verbunden waren? Schönheit, Anmut, Berühmtheit, Erfolg? Aber das waren bloß Oberflächen. Dies hier schien mir aus tieferen Schichten zu kommen.

Irgendwie wollten doch alle etwas von ihr abhaben. Etwas, das sie in ihr sahen, das aber auch zu ihnen selbst gehörte, mochte es auch nur ein

Wunsch, eine Sehnsucht sein. Etwas, das sie gar nicht genau kannten. Ich bin überzeugt, dass es in unseren Sehnsüchten einen Bezirk gibt, der gänzlich unmanipulierbar ist, weil er ein Teil unseres Wesens ist und als solches Menschen mit Menschen und den Einzelnen mit den Vielen über alles Trennende hinweg immer wieder verbinden kann.

Queeny berührte diesen Bezirk bei so vielen, vollkommen unterschiedlichen Menschen. Nicht nur in ihrer unmittelbaren Umgebung. Halb Deutschland ist doch in die verliebt, hatte meine Düsseldorfer Freundin gesagt. Es war eindeutig, dass dieses „etwas", das uns durch sie berührte, über das rein Persönliche hinausreichte. Es musste etwas Allgemeines sein, womit jeder Mensch geboren wurde. Aber nicht jeder konnte es ausleben. Entweder hatte er nicht die Gelegenheit dazu oder nicht das dafür notwendige Temperament oder es fehlten bestimmte charakterliche Eigenschaften und das Talent. Queeny berührte es und in diesem Augenblick wurde es wirklich. Und wir lebten es.

Ich seufzte und gab der Kellnerin ein Zeichen, dass ich zahlen wollte. Im Fortgehen warf ich noch einen Blick auf die verlassene Eisfläche, die von der Eismaschine für das Morgentraining glatt gehobelt wurde. Mein Gott ja, dachte ich und dafür lieben wir sie.

An einem Montag im November schlug ich zum ersten Mal in meinem Leben den Sportteil der Zeitung auf. Eigentlich hasse ich nämlich Sport. Diese dumme Vergötzung des Körpers. Vor drei Jahren hatte mich ein Kollege aus der Sportfakultät, allerdings unterrichtete er auch Englisch, wie ich zu seiner Ehre sagen muss, jeden Tag zu überreden versucht, mir einmal die Übertragung von den Olympischen Spielen in London anzusehen. Du hast überhaupt keine Vorstellung von der Ästhetik eines 100-Meter-Laufs, hatte er mir vorgeworfen. Vielleicht habe ich ihm Unrecht getan, dachte ich an diesem Morgen, als ich den Sportteil suchte, um zu sehen, wie Queenys Wettbewerb in Kanada ausgegangen war. Sie hatte gewonnen.

Sie gewann auch den folgenden Grand Prix-Wettbewerb in Paris. Im Foyer der Eishalle waren an der Wand über der Sofa-Ecke mit den Sesseln Zeitungsausschnitte mit Berichten und ihren Fotos angeheftet. Neben dem Gang zu den Garderoben hing ein neues Plakat an der Wand: „Großes Weihnachts-Schaulaufen am 1. Advent. Tickets über das Internet oder bei der Geschäftsstelle". Auf dem Gang standen bereits ein Dutzend Leute für ein Ticket an. Ich reihte mich ein. Wer weiß, wie schnell das ausverkauft ist.

Am nächsten Morgen fand ich nach längerer Zeit wieder eine Mail von ihr vor. Sie schrieb von dem Weihnachts-Schaulaufen und wollte mich dazu einladen. Ob ich nicht für ein Adventwochenende einmal nach Berlin kommen könne. Berlin sei dann wunderschön. Und ob, dachte ich. Und: Geschieht dir recht. Betrügereien rächen sich früher oder später. Was sollte ich ihr antworten?

Das Problem lag nicht in der Antwort selbst, sondern in meiner Haltung. Es wäre leicht gewesen, bei meiner Schwindelei zu bleiben und eine Begründung zu erfinden, dass ich nicht kommen könne. Ich fand es schrecklich und für eine Frau meines Alters, die letztlich doch fest im Leben stand, auch unwürdig. Die Täuschung mit Düsseldorf konnte ich mir gerade noch verzeihen, doch dies jetzt wäre eine glatte Lüge gewesen. Die moralische Haltung war allerdings nicht alles. Es kam noch ein Reiz hinzu. Wenn ich ihre Einladung annähme, lag es nahe, war es geradezu logisch, dass wir uns verabredeten. Ich würde sie kennenlernen. Ich, Helga Drei, die ihr eine Kürmusik gemacht hatte.

Und dann? Lässt du dich plötzlich nach Berlin versetzen? Inkognito zu ihrem Training kannst du danach jedenfalls nicht mehr gehen. Es war ein Dilemma, das sich nur auf einer nüchternen, von

Gefühlen befreiten Basis nach unwiderlegbaren Prinzipien wie Ursache und Wirkung lösen ließ.

Normalerweise gelingt es mir, meine persönlichen Angelegenheiten in der Schule vollständig hinter mir zu lassen. In der zweiten Unterrichtsstunde, an diesem Tag Biologie, ertappte ich mich dabei, wie mein Blick an unserer Klassenschönheit hängen blieb, die wie die anderen noch eifrig niederschrieb, was sie gerade von mir gehört hatte. Die geht bestimmt hin, dachte ich.

Nachmittags brauchte ich zu Hause dann noch ein Dutzend Klassenarbeiten, die ich korrigieren musste, bis ich mit mir im Reinen war. Ich wollte sowieso gerade eine Pause machen. Klappte das letzte Heft zu, schob es auf die Seite, fuhr den Computer hoch. An: candyqueeny@hotmail.com Betreff: Weihnachts-Schaulaufen. Ich schrieb ihr, ich käme.

Wie vorauszusehen war, schlug sie ein Treffen vor. Sie war auf eine rührende Weise richtig neugierig auf mich. Vor dem Schaulaufen allerdings hatte sie keine Zeit. Ob ich am Tag danach noch in Berlin sei? Am besten gleich nach der Schule, weil sie am späten Nachmittag Training habe.

Diesmal war unser e-Mail-Austausch beinahe ein chat. Es ging hin und her. Wir einigten uns auf eine Ecke an einer bekannten Straßenkreuzung, dicht bei ihrer Schule. Ich versuchte ihr zu beschreiben, was ich anziehen, wie ich aussehen würde. „Aber ich kenne Sie doch schon längst“, schrieb sie erheitert zurück. „Ich werde Sie sofort erkennen. Hundertprozentig.“ Beim lesen konnte ich sie geradezu lachen hören. Ihre Frage, ob ich sie denn ohne Schlittschuhe erkennen würde, nahm ich als anmutigen Scherz.

Das Weihnachts-Schaulaufen endete mit einer Bescherung für fünfzig Kinder aus Berliner Kinderheimen. Auf der Eisfläche wurde ein Teppich ausgerollt, so lang, dass alle Kinder sich darauf nebeneinander aufstellen konnten. Ein Weihnachtsmann auf Schlittschuhen kam auf das Eis, gefolgt von einem halben Dutzend kleiner Schlittschuh-Engel, die mit Geschenken bepackte Schlitten zogen. Die Bescherung begann, der Weihnachtsmann nahm seine Mütze ab – es war Queeny.

Der Hallensprecher erklärte, dass sie die Geschenke gestiftet und die Kinder eingeladen habe. Aus den Lautsprechern erklangen gedämpft Weihnachtslieder, während sie von Kind zu Kind ging und ihm sein Weihnachtspaket übergab. Nachdem das letzte Kind sein Geschenk bekommen hatte, forderte der Hallensprecher das Publikum auf, zum Abschluss gemeinsam mit den Kindern

„Oh du Fröhliche“ zu singen. Ein kleines Mädchen kam mit einem Mikrophon an einem langen Kabel auf das Eis und brachte es Queeny. Sie stellte sich zwischen die Kinder, nickte ihnen zu und fing an zu singen. Und nach einem kurzen Moment der Überraschung sangen alle mit.

Von der S-Bahnstation machte ich noch einen kleinen Umweg nach Hause. Es war dunkel geworden. Das Licht von den Straßenlaternen und von den erleuchteten Fenstern streute einen bläulichen Schimmer in die abendfeuchte Luft. Hier und da, wo die Vorhänge nicht zugezogen waren, warf ich im Vorübergehen einen flüchtigen Blick hinein. Lauter fremde Leben. Einmal blieb ich stehen, weil ich hörte wie jemand auf dem Klavier ein Stück spielte, das ich kannte. Das Klavierspiel war nicht besonders. Man konnte nur ahnen, wie schön das Stück tatsächlich war. Doch immerhin, er oder sie spielte es.

Wie schön sie das alles vorhin auf dem Eis gemacht hatte. Ich hätte nicht gedacht, dass sie eine so gute Stimme hat. Sie war sehr klar mit einem leicht metallischen Timbre, das zu ihrem zarten Gesicht in einem reizvollen Kontrast stand. Und diese Selbstsicherheit, mit der sie sich vor all den Leuten bewegte. Auch jetzt noch spürte ich, wie sich in der Bewunderung ein leises Gefühl von

Neid und einer ganz und gar unerklärlichen Eifersucht regte. Als es mich vorhin plötzlich überkommen hatte, schämte ich mich vor mir selber. Und doch – ein bisschen konnte ich es jetzt auch verstehen. Eine Sechzehnjährige! Das hat eben nicht jeder, flüsterte mir die Helga Drei von früher zu. Aber Hella hörte gar nicht hin. Morgen treffen wir uns.

Queenys Traum

Eine Woche vor dem Abflug nach Kanada schickte Tom Tomlinson als Cheftrainer des Klubs eine Einladung an Zeitungen, Rundfunk und Fernsehen. Queeny würde ihrc Programme für die neue Saison vorstellen, anschließend gäbe es eine kleine Pressekonferenz.

Sie mochte keine Pressekonferenzen. Ihr Trainer zog sie manchmal damit auf. Wenn man alles aufschriebe, was du bei Pressekonferenzen nicht sagst, käme ein ganzes Buch zustande. Immer wurde sie nach ihren Zielen und ihren Gefühlen befragt. Wie sollte man das erklären? Gegenüber Menschen, die man gar nicht kannte.

Von Jahr zu Jahr war es schwieriger geworden, sich der allgemeinen Erwartung zu entziehen, dass sie 2018 in Pyeongchang eine Medaille gewinnen würde. Sie sagte immer nur: Ich will mein

Bestes geben. Wenn ich so gut laufe, wie ich kann, bin ich zufrieden, einerlei welcher Platz dabei herauskommt. Und dass schon allein der Start bei den Olympischen Spielen für sie die Erfüllung eines Traumes sei.

Zwei lokale Fernsehteams waren gekommen, um Queenys neue Programme zu filmen. Fotografen und Reporter vom Fernsehen baten sie hinterher, die eine oder andere Passage noch einmal zu laufen, eine Pose zu wiederholen. Bis Tomlinson sagte, es sei genug.

Queeny verschwand in der Garderobe. Die zwei Dutzend Presseleute und Aufnahmetechniker hatten sich bereits über die Sitzreihen des kleinen Konferenzraums im Eissportzentrum verteilt, als Queeny mit ihren Trainern, der Choreographin und einem etwas beleibten Herrn fortgeschrittenen Alters erschien. Auf dem Revers seines piekfeinen Club-Jacketts und auf seiner Krawatte war dasselbe Logo zu sehen, wie auf ihrer neuen Trainingsjacke; bloß kleiner. Es war der Public Relation Direktor des Automobilherstellers. An dem langen, weiß eingedeckten, mit Blumen geschmückten Tisch saß er an ihrer Seite. Am Vormittag hatte er das Stift Heiliges Herz besucht, wo im Arbeitszimmer der Oberin der Sponsorenvertrag unterzeichnet worden war. Und jetzt sollte er bekannt gegeben werden.

Plötzlich stand der Public Relation Direktor im Mittelpunkt. Queeny war froh. Keine Fragen mehr nach ihren Saisonzielen, ihrem Olympiatraum. Es ging nur noch um den Sponsorenvertrag. Genau genommen ging es um die Summe, die nicht genannt wurde. Einmal wurde sie selbst danach gefragt, doch der PR-Direktor nahm ihr die Antwort ab. Queeny staunte, auf wie viele verschiedene Arten die Reporter immer wieder dieselbe Frage stellen konnten. Zwischendurch warf sie einen Blick zur Ecke der letzten Stuhlreihe. Dort saß die Oberin Schwester Angelika allein und nickte ihr lächelnd zu.

Einer der Zeitungsleute kam darauf, dass Queeny noch nicht volljährig sei. Wer denn als Rechtsperson den Vertrag für sie unterzeichnet habe? Unsere Oberin vom Stift Heiliges Herz, wo ich aufgewachsen bin, antwortete Queeny. Nun kam ihre Findelkindgeschichte hoch, und sie musste noch einmal erzählen, wie sie zu ihren Namen gekommen sei. Am besten weiß das meine Oberin, sagte Queeny. Wie auf Kommando drehten sich über drei Sitzreihen die Köpfe nach hinten zu der älteren Dame in Schwesterntracht, deren Anwesenheit beim Training ihnen etwas seltsam vorgekommen war. Die Oberin war jedoch verschwunden.

Am nächsten Tag wurde in Zusammenhang mit dem Sponsorenvertrag noch einmal Queenys Geschichte in den Zeitungen ausgebreitet. „Vom Findelkind zur Eisprinzessin". Eine Überschrift lautete sogar „Vom Findelkind zur Millionärin". „Wie können die sowas schreiben", fragte Queeny nachmittags beim Training. Will Heemsoth zuckte die Schultern: „Nimm es nicht ernst. Die Leute, die sich für dich interessieren, haben sowieso ihr eigenes Bild von dir. Egal, was irgendjemand irgendwo über dich schreibt."

Drei Wochen später wurde ihr bewusst, dass sie sich in einer ernsten Lage befand. Sie hatte den Grand Prix-Wettbewerb in Kanada gewonnen und in der vergangenen Woche auch den in Paris. Nun war die Situation da, auf die sie seit Jahren hingearbeitet hatte. Es war großartig gewesen, ihr von Jahr zu Jahr näher zu kommen. Doch jetzt war es nicht so leicht, sich auf sie einzustellen. Bei der kommenden Weltmeisterschaft im März war sie eine der Favoritinnen auf den Titel.

Mit ihren Trainern sprach sie nun manchmal über die Erwartungen der Öffentlichkeit, über ihre neue Rolle und wie sie damit am besten umginge. Im vergangenen Jahr war der erste „Queeny Fan

Club“ gegründet worden. Man darf eine einzige Sache nicht so wichtig nehmen, wie das ganze Leben. Schön. Aber damit ließ sich die Tatsache, dass sie jetzt eine Favoritin auf den Weltmeistertitel war, nicht verdrängen. Nach ihrem Sieg bei Skate Canada hatte sie im Internet die Seite ihres Fan Clubs angeclickt. Alle redeten nur noch davon, ob sie jetzt Weltmeisterin würde und diskutierten ihre Chancen. Das sollen die nicht, hatte sie gedacht, das ist nicht richtig.

Meistens hatte Queeny gute Tage beim Training. Schlechte Tage kamen ohne Ankündigung. Dann fühlte sie sich wie eine Fremde in ihrem Körper. Bei Sprüngen, Pirouetten, Schrittsequenzen ging alles so schnell, dass man unmöglich mitdenken konnte, was man gerade tat. Es passierte. An schlechten Tagen passierte es nicht. Jeder Sprung, jede Pirouette musste über ihren Willen erzwungen und kontrolliert werden. Sie konnten dann trotzdem gut werden, jedoch nie so gut wie sie waren, wenn sie einfach passierten.

An diesem Tag war sie beim dreifachen Flip zweimal schwer gestürzt. Auch jetzt, Stunden später, tat ihr die Stelle am Becken noch weh. Es ging schon auf zehn Uhr. Sie musste noch Hausaufgaben machen. Vor ihr lag das Heft mit der Mathematik-Klassenarbeit, die sie am Vormittag zurückbekommen hatten. Ihre erste Fünf. Auch in anderen Fächern waren ihre Leistungen etwas abgesackt, bis auf Englisch, Sport, Musik.

Sie sah aus dem Fenster. In der Ferne Richtung Zentrum war der Himmel hell vom Widerschein der Weihnachtsbeleuchtung. Auf dem Dach des Geschäftshauses gegenüber flammte sekundenlang ein elektrischer Weihnachtsbaum auf und verlosch wieder. Ihre Gedanken verloren sich in dem Aufleuchten und Verlöschen des Weihnachtsbaums. Sie war müde. Sie hatte zu nichts Lust. Sie war allein.

Übermorgen war das Schaulaufen. Ihre Gedanken hellten sich ein wenig auf. Gesternnachmittag hatte sie mit der Oberin die Kinder der Kinderheime besucht, die zum Abschluss des Schaulaufens beschenkt werden sollten. Es war schön, wie sie beim Abschied an der Tür standen und „Queeny, Queeny" riefen, als sie mit der Oberin zum Auto ging. Auf der Rückfahrt dachte sie an Yuna Kim, die seit vielen Jahren unvorstellbar viel Geld für Kinder spendete. Im Südsudan war sogar eine Schule nach ihr benannt worden. „Yuna Kim School". Es war eine Stiftung der Katholischen Kirche. Yuna hatte 60 000 Dollar gespendet. Das mach ich später auch mal, hatte sie gedacht.

Sie betrachtete die Fünf in roter Tinte unter ihrer Klassenarbeit. Was die Musiklehrerin wohl dazu sagen würde? Sie war gespannt darauf, sie kennenzulernen. Der Weihnachtsbaum auf dem Dach gegenüber flammte auf und verlosch, flammte auf, verlosch… Musiklehrerin. Ob sie das werden könnte? Aber dann müsste sie bestimmt ein Instrument spielen können. Mit dieser Einsicht in die Realitäten des Lebens schlug sie ihre Hausaufgabe auf und obwohl sie todmüde war, arbeitete sie noch bis nach Mitternacht.

Zwischendurch hatte sie einmal kurz eine Szene aus einem Film des Koreanischen Fernsehens über Yuna Kim vor Augen, wie sie in der Nacht mit dem Auto vom Training nach Hause fuhr. Ihre Mutter saß am Steuer, Yuna hatte auf dem Rücksitz ihren Kopf gegen ein Kissen am Seitenfenster gelehnt und schlief. Die Lichter der Straßenbeleuchtung wischten über ihr Gesicht hin. In der Ferne ragten die erleuchteten Hochhäuser von Seoul in den Nachthimmel. Am nächsten Morgen, so war in den englischen Untertiteln zu lesen, hatte sie um sieben Uhr das nächste Training. So ist das Leben von Eiskunstläuferinnen, dachte sie.

Der Tag des Weihnachtsschaufens ging seinem Ende entgegen. Die Eishalle hatte sich noch nicht ganz geleert, da fragte Queeny ihren

Cheftrainer mit glänzenden Augen, ob man es nicht im nächsten Jahr wiederholen könne. Dann dürfe sie aber nicht aus Berlin weggehen, sonst bekämen sie die Halle nicht voll, hatte er lachend zur Antwort gegeben. Vor Jahren hatte der Verein das Weihnachtsschaulaufen aus dem Terminkalender gestrichen, weil es nicht mehr vom Fernsehen übertragen wurde. Ohne das Fernsehhonorar und die Vermietung der Werbeflächen an der Bande aber war es zu teuer, denn die Halle war nie ausverkauft. Queenys Bronzemedaille bei der Weltmeisterschaft hatte alles verändert. Als vorhin alle „Oh du Fröhliche“ sangen, hatte Queeny ganz kurz an die Musiklehrerin gedacht, die irgendwo auf der Tribüne saß. Sie wusste, dass sie eine gute Stimme hatte und war ein bisschen stolz darauf.

Nun hatte sie mit einigen anderen Mädchen des Jugendheims unten im Gemeinschaftsraum zusammen Abendbrot gegessen und war wieder auf ihrem Zimmer. Sie erinnerte sich an die Gesichter der Kinder, als sie ihre Geschenke bekamen. Unter der roten Kapuze und mit dem weißen Wattebart vor dem Gesicht hatten sie sie tatsächlich nicht gleich erkannt.

Ein vielleicht zehn Jahre altes Mädchen hatte sie so sehr an sich selbst erinnert, dass sie auch jetzt noch an sie denken musste. Sie hätte gerne gewusst, woher ihre Eltern kamen, wo sie geboren war und warum sie in einem Kinderheim lebte. Bei den fünfzig Kindern, die sie zu beschenken hatte, war jedoch keine Zeit gewesen sie danach zu fragen.

Dann war alles vorüber. Durch die leere Eishalle schallte das Geräusch der Eismaschine, die die Eisfläche für das morgige Training aufbereitete. Sie hatte sich umgezogen und stand im Trainingsanzug am Nebenausgang zum Parkplatz, um den Kindern bei der Abfahrt nachzuwinken. Der Bus, der sie in ihre Heime zurückbringen sollte, stand mit laufendem Motor und eingeschalteten Scheinwerfern vor der Halle. An den Türen entstand ein Gedränge, weil alle gleichzeitig einsteigen wollten. Plötzlich löste sich ein Kind aus der Gruppe. Es war das kleine asiatische Mädchen. Quer über den Parkplatz rannte sie auf sie zu. Sie hielt ein Handy in die Höhe, und als sie bei ihr angelangt war, hockte sie sich zu ihr nieder, damit sie sich gemeinsam mit ihrem Handy fotografieren konnten. Vielleicht ist sie ja eine Eisläuferin wie ich damals, dachte sie jetzt. Auf einmal war ihr das kleine Mädchen ganz nahe. Wie vorhin, als sie ihr das Weihnachtspäckchen in die ausgestreckten Hände gelegt und sich zu ihr hinuntergebeugt hatte. Da war etwas in ihrem Gesicht. Wie sie lachte, der Mund, die Augen...

Queeny hatte eine Idee, ging zu ihrem Schreibtisch und fuhr das Notebook hoch. Es gab ein youtube Video von ihrem ersten Interview. Sie war zehn Jahre alt und hatte einen Anfänger-Wettbewerb so überlegen gewonnen, als wäre sie den anderen Mädchen um mindestens zwei Jahre voraus. Damals hatte man in ihr zum ersten Mal eine mögliche Olympiahoffnung gesehen.

Das Video war nur 27 Sekunden lang und schon über 10 000 Mal aufgerufen worden. Immer wieder wurde sie darauf angesprochen, weil sie damals erklärt hatte, es sei ihr Traum, eines Tages eine Olympia-Medaille zu gewinnen. Nun sah sie es sich noch einmal an. Klar; es war der Mund, wie sie lachte. Scheu, aber auch ganz selbstbewusst. Wo sie wohl her war? Vielleicht ja auch aus Korea. Es gab eine Koreanische Schule, gar nicht weit vom Bahnhof Zoo. Aber weshalb lebte sie in einem Kinderheim?

Und auf einmal wusste Queeny, dass mit einer Medaille in Pyeongchang ihr Traum noch nicht zu Ende sein würde. Sie lächelte bei der Vorstellung: Dann lass ich mich mit Yuna Kim fotografieren und wenn sie mich interviewen, erzähle ich meine Geschichte.

Ja, genau das wollte sie tun. Und vielleicht würde sie dadurch ihre Eltern finden.

Ein Schluss?

Am nächsten Tag fuhr ich nach Schulschluss mit dem Taxi nach Hause. Die Zeit bis zu unserer Verabredung war knapp, weil ich mich noch umziehen musste. Ich wollte nicht wic eine Lehrerin aussehen. Einigen Bemerkungen, die sie zu meinem Beruf gemacht hatte, entnahm ich, dass ihr Bild von einer Musiklehrerin nicht der üblichen Vorstellung entsprach, die man sich von einer Lehrerin machte. Ein ärgerliches Klischee, ja schon. Doch es existierte nun einmal. Außerdem lässt sich eine gewisse trockene Korrektheit mit ihren Spielarten ins Sportliche, Damenhafte oder Unantastbare nicht ganz bestreiten.

Durch mein Fach Musik und die Tatsache, dass ich aus einem Beethoven-Stück eine Kürmusik für sie gemacht hatte, war ihr Bild von mir offensichtlich das einer Künstlerin. Konzert-Pianistin,

Cellistin, etwas in der Art. Ich bezweifelte, dass sie sich für mein tatsächliches Fach interessierte. Weshalb sollte sie sich zum Beispiel für Gravitationsgesetze interessieren? Für mich ist das unverzichtbar für mein Verständnis von Welt und Leben. Ohne Gravitation ist die Schönheit der Bewegung, so wie sie unser Inneres berührt, schließlich nicht vorstellbar. Für sie aber ist es wohl einfach Natur, mit der sie sich im Einklang befindet. Ein Fisch fragt auch nicht nach dem Wasser, das ihn umgibt.

Umgekleidet hatte ich mich rasch. Seit Tagen wusste ich, was ich anziehen, wie ich aussehen wollte. Ich gebe zu: Ein bisschen viel Aufwand für eine Begegnung mit einer Sechzehnjährigen, selbst wenn sie ein so göttliches Kind ist. Doch war das alles ja gar nicht allein auf sie bezogen. Es war einfach so, dass ich ein kleines bisschen ihr ähnlich sein wollte.

Und dann wartete ich auf sie. Ich war fast eine Viertelstunde zu früh. Sie war auf die Minute pünktlich. Das wunderte mich nicht. Nachdem ich über das Training und unseren Briefwechsel im Internet einen Blick in ihre Lebenswelt geworfen hatte, konnte ich mir eine Vorstellung von ihrer Disziplin und der klaren Strukturierung ihrer Tagesorganisation machen. Außerdem war es mir nicht unvertraut. Hochleistungskinder und -jugendliche waren so, egal ob sie Sportler, Musiker oder angehende Wissenschaftler waren.

Auf die Minute pünktlich stand sie also an der großen Kreuzung, allerdings auf der anderen Straßenseite. Sie trug eine schwarze Hose und eine pinkfarbene, mit einem weißen Pelzrand abgesetzte Kapuzenjacke aus Fleece, über die ihr offenes Haar herabfiel. Wie sie es wohl fertigbrachte, es zu so einem kleinen Ballerinenknoten zu schnüren? Mein Haar hatte ich immer halblang getragen, so dass ich damit keine Erfahrung hatte. Ich betrachtete sie. Wie schön sie war.

Jetzt blickte sie kurz zu mir herüber und dann die Straße entlang, die sie gekommen war, trat an den Kantstein, warf einen Blick nach rechts, nach links in die andere Straße hinein, drehte sich und verharrte wieder an ihrem Platz. Alles so leicht und fließend, als sei der Wind durch ihre Gestalt gefahren. Ein Schauspiel der Anmut, das der Augenblick eigens für mich inszenierte. Für Momente vergaß ich, dass wir verabredet waren und sie dort auf mich wartete.

Zwei, drei Minuten mochten vergangen sein. Ich sagte ja schon, dass die Zeit eine Illusion unserer Wahrnehmung ist. Da stand sie nun und ahnte nicht, dass die, auf die sie wartete, sie von der anderen Straßenseite her betrachtete. Blickte wieder die andere Straße hinauf, hinab, gespannt auf die Person, die ihr die Musik gemacht hatte. Kurz ging wieder ihr Blick über mich hin.

Mit einem Mal begriff ich, dass es zu spät war. Wenn sie auch nicht darauf kam, dass ich die Person sein könnte, auf die sie wartete, so hatte sie mich doch auf jeden Fall schon registriert. Wie konnte ich jetzt noch zu ihr gehen? Es war unmöglich. Auch heute noch fällt es mir schwer, das Gefühl zu beschreiben und vor allem es zu verstehen, das mich in jenem Augenblick überfiel. Ein tiefes Bedauern und zugleich grenzenlose Erleichterung.

Doch es war nicht fair, sie dort warten zu lassen, das durfte ich nicht. Die Ampel sprang für mich wieder auf Grün. Als ob es nur eines solchen äußerlichen Impulses bedurft hätte, setzte ich mich in Bewegung. Überquerte die Straße, trat an sie heran. Ob sie die Eiskunstläuferin Queeny sei? Und dann richtete ich ihr als Freundin derer, auf die sie wartete, Grüße aus mit einer Erklärung, weshalb sie nicht habe kommen können. Ein so aufrichtiges Bedauern erschien auf ihrem Gesicht, dass ich vor Freude und Verlegenheit vermutlich ein wenig errötete. Dann sagte sie noch etwas sehr Schönes, das ich auszurichten versprach, und ich revanchierte mich, indem ich ihr erzählte, was sie und ihr Eislaufen für meine Freundin bedeuteten und dass es sie glücklich mache. In ihrem Gesicht ging ein Strahlen auf, das wie auf dem Eis ihre ganze Erscheinung umhüllte.

Einige Augenblicke sah ich ihr noch nach, wie sie die Straße zur S-Bahnstation hinunter schritt. Niemals wäre mir über die Lippen gekommen, was ich ihr auf diese Weise hatte sagen können. Wie schön, dachte ich. Wie schön, dass es sie gibt. Letztlich besteht doch das höchste Glück darin, andere glücklich zu machen. Ob sie einem selbst nahe sind oder ob man sie gar nicht kennt. Und in der Überzeugung, dass dies für das Glück keine Rolle spielt, wandte ich mich zum Gehen.

BEFORE IT'S A WORK OF ART,
IT'S JUST WORK.

Scheherazades Märchen aus 1002. Nacht

Mit Rücksicht auf den Leser muss dieses Kapitel mit dem Bekenntnis beginnen, dass es weder die Geschichte von Helga Drei, noch Queenys Traum fortsetzt. Eigentlich gehört es auch nicht ans Ende, sondern an den Anfang. Denn ohne die in diesem Kapitel erzählte Geschichte wäre dieses Buch nicht geschrieben worden.

Eine beliebte Redewendung besagt, dass das Leben die besten Geschichten schreibt. Wenn sie gut ausgehen und über besonders schwierige Hindernisse und persönliche Prüfungen schließlich zum großen Ziel geführt haben, spricht man von einem wahr gewordenen Märchen. Häufig weiß man nicht, was bewunderungswürdiger ist, der Einfallsreichtum des Lebens oder die Kraft derer, denen es aufgegeben wurde, es zu leben.

In diesem Fall der koreanischen Eiskunstläuferin Yuna Kim, die mit Anmut, Ausdruckskraft und Athletik das Gesicht ihrer Sportart veränderte und obwohl Eiskunstlauf in Korea nahezu unbekannt war, zur Identifikationsfigur einer Nation wurde.

*

Ein lebendiges, atmendes Kunstwerk aus Korea. Die Schlagzeile der Vancouver Sun am nächsten Morgen gab genau das wieder, was die Zehntausend im Coliseum von Vancouver und Millionen vor den Fernsehschirmen überall in der Welt gesehen hatten. Ein lebendiges, atmendes Kunstwerk, gekleidet in ein azurblaues Kostüm und in die Klänge von Gershwins Klavierkonzert in F.

So wurde Yuna Kim an einem Februartag 2010 Olympiasiegerin. Mit einer Kür, wie die Eislaufwelt sie noch nie von einer Frau gesehen hatte. Die Goldmedaille um den Hals, sagte sie: „Ich glaube, dass ich für den Eiskunstlauf geboren wurde."

Die Goldmedaille um den Hals machte sie nicht vergessen, was hinter ihr lag. Verletzungen, Schmerzen, Behandlungstische, seelische Tiefs, Training bis in die Nacht hinein, Training im Morgengrauen, ungeheizte, eisige Hallen, Jahre fern von ihrer Familie. Seit langem stand für sie fest: Nach Vancouver höre ich auf.

Die Goldmedaille um ihren Hals zeigte ihr nicht, wohin nun ihr Lebensweg führen sollte. Zurücktreten? Die Karriere fortsetzen? Sie war neunzehn Jahre alt. Sie hatte alles erreicht. In der folgenden Saison bestritt sie keinen einzigen Wettbewerb. Nur bei der Weltmeisterschaft wollte sie noch einmal antreten. Aus Dankbarkeit gegenüber ihren Landsleuten, den Fans in aller Welt. Ihre Kür nannte sie Hommage an Korea.

Bei der Weltmeisterschaft eine Medaille zu gewinnen, ohne vorher auch nur einen einzigen Wettbewerb bestritten zu haben, war eigentlich unmöglich. Niemand hatte das je versucht. Trotzdem wäre es beinahe wieder die Goldmedaille geworden, doch es war sowieso einerlei. Die Frage, wohin ihr Lebensweg sie führen sollte, blieb unbeantwortet. Sie sagte: „Ich glaube, dies ist jetzt die wichtigste Phase meines bisherigen Lebens."

Nach vier Jahren Training in Toronto und einem Jahr Los Angeles kehrte Yuna Kim 2011 zum Ende des Frühlings nach Korea zurück. Zu ihrer Familie, ihren Freundinnen, in ihre Welt. Als sie nicht ganz drei Jahre später doch noch einmal bei Olympia antrat, wurde sie wieder von den beiden Trainern ihrer Kindheit betreut.

Von Jong-Hyeon Ryu, der sie entdeckt und von Hye-Sook Shin, bei der sie ihre Sprungtechnik gelernt hatte. Sie war nicht mehr auf dem Weg zu einem Olympiasieg. Die ganze Zeit seit Vancouver war sie auf dem Weg zu sich selbst.

Yuna Kim wurde am 5. September 1990 als zweite Tochter von Hyeon-Seok Kim und Mi-Hee Park geboren. Ihre Schwester Aera war drei Jahre älter als sie. „Gib den Träumen deiner Tochter Flügel." So lautete der Titel des Buches, das ihre Mutter Mi-Hee Park im Frühjahr 2008 veröffentlichte. Sie erzählte darin Yunas Werdegang. Es wurde ein Bestseller.

Mi-Hee Park und ihr Mann waren noch unter der Diktatur aufgewachsen. Unausgesprochen berührte sie in ihrem Buch die Geschichte von Generationen koreanischer Frauen. In ihrem Korea waren Träume für Mädchen nicht vorgesehen. Mädchen hatten Aufgaben. Und einen Ehemann. Und Kinder. Und einen Haushalt. Aber keine Flügel.

Eine Frau, die zu sehr ihren eigenen Kopf hat, wird Schande über die Familie bringen. Das war einer der Sprüche von gestern, von vorgestern. Mi-Hee Park hatte schon immer ihren eigenen Kopf gehabt. Doch den Mädchen-Träumen ihrer Generation blieben die Flügel gestutzt.

„Ich bin dickköpfig bis auf die Knochen", sagte Yuna Kim nach ihrem Olympiasieg in einer

Fernseh-Show. Sie sagte es mit dem aufrichtigen, unschuldigen Charme des unbekannten Mädchens, das vor einigen Jahren von der ganzen Nation adoptiert worden war. „Koreas kleine Schwester“. Und sie sagte es zum Entzücken zahlloser Frauen und Mädchen im ganzen Land, denn inzwischen war sie „Queen Yuna“, das Leitbild einer neuen Frauen-Generation.

Harmloser kann eine Laufbahn auf die Weltbühne nicht beginnen. Ein Ferienkurs Schlittschuhlaufen. Im Gwacheon Civic Center, nicht weit von ihrem Zuhause, war eine neue Eisbahn eröffnet worden. Es war Sommer. Aera und Yuna sollten in den Sommerferien sinnvoll beschäftigt werden. Ihre Eltern liebten Schlittschuhlaufen. Yunas Tante besaß ein altes Paar Schlittschuhstiefel, die sie schon längst in die Mülltonne werfen wollte. Rotes Leder, gelbe Schnürbänder. Nun bekam Yuna sie.

Yuna wollte von nun an immerzu schlittschuhlaufen. Nur wenige Monate später, an einem Dezembertag jenes Jahres 1997, erklärte der Eislauftrainer Ryu gegenüber ihrer Mutter, sie könne bei professionellem Training eine Eiskunstläuferin der absoluten Weltspitze werden. Er ahnte nicht, was er damit in Gang setzen würde, doch er wusste genau, was er sagte.

„Yuna besitzt eine für ihr Alter ganz ungewöhnliche Zielstrebigkeit. Dazu hat sie einen unbezwingbaren Willen, wenn sie etwas lernen will. Ihre Körperkontrolle ist für eine Siebenjährige schlicht unbegreiflich. Bei Sprüngen ist sie vollkommen furchtlos." Auch sei ihre Persönlichkeit viel entwickelter als bei anderen Mädchen ihres Alters. Sie sei ein absolut außergewöhnliches Talent.

Mi-Hee Park war stolz. Doch sie wusste, dass ein professionelles Eislauftraining unabsehbare Auswirkungen auf das Familienbudget haben würde. Sie sagte zu Trainer Ryu, sie wolle es sich mit dem Training überlegen.

Yuna hatte bereits mit acht Monaten laufen gelernt. Damals hatten sie sich in der Familie Sorgen gemacht, weil es so früh war und womöglich zu einer Fehlentwicklung führen würde. Doch es war wohl nur die erste Erscheinung ihres Bewegungstalents gewesen.

Mi-Hee Park begann am ersten Flügel eines Traums zu weben, von dem ihre Tochter nichts ahnte. Zwei Tage später stimmte sie Yunas Ausbildung zur Eiskunstläuferin zu.

Ehe der Winter zu Ende war, erblickte Yuna selbst ihren Traum. Vor dem Fernseher bei einer Übertragung von den Olympischen Winterspielen

1998 in Nagano. Ihr Traum trug ein blaues Kleid, hatte ein Gesicht und einen Namen: Michelle Kwan. Genauso eine Eiskunstläuferin wollte sie werden. Sie sagte: „Ich möchte einmal eine olympische Goldmedaille gewinnen.“

Michelle Kwan hatte aber gar nicht die Goldmedaille gewonnen, sondern war Zweite geworden. Yuna begriff, dass eine olympische Goldmedaille nicht das Maß aller Dinge war. Zwölf Jahre später half ihr diese Erkenntnis, einem mörderischen Erwartungsdruck standzuhalten, als sie selbst um Olympiagold kämpfte.

Eine siebenjährige Eiskunstläuferin aus Gunpo am südlichen Stadtrand von Seoul träumte davon Olympiasiegerin zu werden. Doch in Korea interessierte sich kein Mensch für Eiskunstlaufen.

Yuna lernte die Kür von Michelle Kwan auswendig. Manchmal lief sie ein paar Schritte daraus und stellte sich vor, sie liefe um den Olympiasieg. Sie trainierte doppelt soviel wie die anderen Mädchen und mit doppelter Intensität. Jedes Mal, wenn sie etwas Neues lernen sollte, übte sie es, bis sie es konnte. Bis sie es so gut konnte, wie es ihr nur irgend möglich war.

Wenn sie beim Training Schmerzen hatte, wenn vergebliche Versuche sie zu frustrieren begannen – sie gab niemals auf. Und allem, was sie auf dem Eis machte, wohnte eine natürliche Anmut inne, die ihr angeboren war. Ihre Erscheinung war zart und sanft, dahinter verbarg sich ein eiserner Wille. Die Eiskunstläuferinnen aus der Nationalmannschaft sagten, sie sei ein „ein stählerner Schmetterling".

Ein Schmetterling ist schön und kann fliegen, und wenn man ihm zu nahe kommt, fliegt er weg. Yuna war extrem schüchtern. Nicht einmal ihren engsten Freundinnen vermochte sie anzuvertrauen, was in ihr vorging. Eines Tages bekamen die Schüler in ihrer Klasse von der Lehrerin die Aufgabe, ihre Stärken und ihre Schwächen aufzuschreiben. Yuna schrieb, ihre Schwäche sei ihre Schüchternheit und dass sie sich immer zu sehr in sich selbst zurückzöge. Von Stärken schrieb sie nichts.

Auf dem Eis waren sie unübersehbar. Mit dreizehn Jahren gewann sie ihren ersten großen internationalen Wettbewerb. Einen Junioren Grand Prix. Die Goldmedaille und eine bunte Papiergirlande um den Hals, schob sie ihren Gepäckwagen in die Empfangshalle des Flughafens von Seoul – geradewegs hinein in die Kameras der wartenden Fotografen, Fernsehteams und die Reporter-Fragen.

Noch nie hatte eine Eiskunstläuferin aus Korea einen internationalen Wettbewerb gewonnen. Sie sollte sagen, was das für ein Gefühl für sie sei. Fast eine halbe Minute blickte sie stumm in die Kamera. Ihr Gesicht spiegelte, wie es in ihr arbeitete. Doch sie war außerstande die Frage zu beantworten. Schließlich brach sie in Lachen aus.

Nun war sie im Fernsehen gewesen, doch noch immer war Eiskunstlauf in Korea nahezu unbekannt. In der Eislaufwelt aber hatte man sich für sie zu interessieren begonnen. Eine Läuferin, die mit zwölf Jahren bereits wie die Weltelite fünf der sechs verschiedenen Dreifachsprünge beherrschte, war für sich allein schon eine Sensation. Und dann war sie auch noch eine Koreanerin!

Korea war ein weißer Fleck auf der Weltkarte des Eiskunstlaufs. Die besten Eiskunstläuferinnen kamen aus Japan. In Japan war das neue Wunderkind des Eiskunstlaufs zu Hause. Mao Asada. Als einzige beherrschte sie den dreifachen Axel und damit alle sechs Dreifachsprünge. Der dreifache Axel verlangte eine halbe Rotation in der Luft mehr als die anderen Sprünge. Die olympische Goldmedaille, die Mao Asada 2010 in Vancouver gewinnen würde, brauchte bloß noch geprägt zu werden. Sie war vier Wochen jünger als Yuna Kim.

Japan beherrschte den Eiskunstlauf der Damen. Über fast vierzig Jahre hatte Japan auch Korea beherrscht. Koreaner mussten japanische Namen annehmen. Koreanische Sportler mussten unter japanischen Namen für Japan bei Olympia starten. Koreanerinnen wurden für die japanischen Besatzungssoldaten als „Trösterinnen“ missbraucht. Als Yuna Kim die Herrschaft der japanischen Eiskunstläuferinnen brach, hatte sich längst die Geschichte Koreas unter der japanischen Besatzungszeit in die Bedeutung ihrer Karriere hineingemischt.

Die Japanerin Shizuka Arakawa wurde 2004 Weltmeisterin. Doch alle sprachen nur von dem Wunderkind Asada. Reporterinnen aus Tokyo erzählten hinter vorgehaltener Hand, in Korea gäbe es eine Eisläuferin, die sogar ein noch größeres Talent sei als Mao. Niemand in Japan war darüber beunruhigt. Korea! Eine Eiskunstläuferin aus Korea würde niemals den Weg in die Weltspitze schaffen.

Yuna Kim hatte von Mao Asada gehört. Sie sah sich Video Clips von ihr an, dachte: Das ist sie also, die einmal die Top Läuferin in der Welt sein soll. In ihr Tagebuch schrieb sie: „Warum musste sie zur gleichen Zeit wie ich geboren werden?“

Dreimal trafen sie in der Saison 2004/05 im Wettkampf aufeinander, dreimal wurde Yuna Kim hinter Mao Asada Zweite. Und im folgenden Jahr besiegte sie sie und wurde Weltmeisterin der Juniorinnen. Sie hatte Korea auf die Weltkarte des Eiskunstlaufs gebracht. Es dauerte nicht mehr lange, bis sie den Eiskunstlauf in die Haushalte von 50 Millionen Koreanern bringen würde.

Ehe es dazu kam, hatten einige kleine Wunder geschehen müssen.

So einfallsreich und klug Mi-Hee Park das Familien-Budget auch umschichtete, die Ausgaben organisierte, das Geld, das ihr Mann Hyeon-Seok Kim mit seinem kleinen Elektronik-Unternehmen erwirtschaftete, konnte sie damit nicht vermehren. Yunas Ausbildung zur Eiskunstläuferin kostete im Monat umgerechnet an die eintausend US Dollar. „Stellen Sie sich einen Haushalt mit zwei Kindern vor, und für ein Kind alleine gehen schon tausend Dollar im Monat drauf", sagte sie. Mit dreizehn Jahren begriff Yuna, dass ihr Eislauftraining alles andere als selbstverständlich war.

Schlittschuhstiefel, mindestens zwei Paar im Jahr zu jeweils 1200 Dollar, das Anmieten der Eisflächen für die Trainingsstunden, das Honorar für Trainer, Wettkampfreisen, Startgebühren.

Ihr erstes zweimonatiges Sommertrainingslager in Kalifornien hatte 18 000 US Dollar gekostet. Alles finanziert aus dem Familienbudget.

Korea erlebte eine Wirtschaftskrise. Das Unternehmen ihres Vaters geriet in finanzielle Schwierigkeiten. Yuna hatte Schuldgefühle gegenüber ihrer Mutter, weil sie sah, wie sie ihr eigenes Leben für sie opferte. Sie hatte Schuldgefühle gegenüber ihrer Schwester, die ihretwegen auf vieles verzichten musste. Ein Haushalt mit zwei Kindern und eines allein kostet schon tausend Dollar im Monat...

Ihre Mutter hatte Schuldgefühle gegenüber ihrer älteren Tochter, weil sie sich fast ausschließlich um die jüngere kümmerte. Sie wurde von der Vorstellung erdrückt, Yuna könne ihr eines Tages vorwerfen, für den Eiskunstlauf zuviel von ihrer Kindheit und Jugend geopfert zu haben. Sie hatte nicht Fahrrad fahren gelernt wie ihre Freundinnen. Ein Sturz mit dem Rad hätte ja ihr Eislauftraining unterbrechen können. Wegen der Trainingszeiten musste sie oft privat unterrichtet werden. Sie hörte auf, das Leben ihrer Schulfreundinnen zu teilen.

In jener Krisenzeit dachten sie und ihre Mutter beinahe jeden Tag daran aufzugeben.

Doch es war das Leben, das sie wollte. „Ich glaube, meine Schule sind Eisbahnen", sagte sie mit Vierzehn und amüsierte sich über ihren Scherz.

Als sie Zwanzig war, sagte sie: „Ich habe gelernt, dass man immer, wenn man etwas haben will, auch etwas geben muss."

Gib den Träumen deiner Tochter Flügel. Mi-Hee Park hatte längst den zweiten Flügel des Traums gewebt. Sie überwachte und kontrollierte jedes Training. Wurde Expertin für Sprungtechnik und für Schlittschuhstiefel. Chauffierte, behütete, kritisierte, trieb an, organisierte die Trainingszeiten – lebte für Yunas Traum. Einmal vergaß sie über das Training, dass ihr Mann Geburtstag hatte. Für Yuna war sie die 24/7-Mutter. Vierundzwanzig Stunden am Tag, sieben Tage die Woche. Yuna sehnte sich nach mehr Freiheit. Manchmal hasste sie den Eiskunstlauf. Doch niemals mehr, als sie ihn liebte.

Ihren Dickkopf hatte sie von ihrer Mutter. Es kam eine Zeit, da sie sich jeden Tag beim Training stritten. Yuna war nun dreizehn Jahre alt. Eines Tages verlangte Mi-Hee Park nach einem erbitterten Streit von ihrer Tochter eine Entschuldigung. Yuna dachte nicht daran. Es war nicht ihre Weigerung allein, die Mi-Hee Park traf, sondern der zornige, widerspenstige Ausdruck in ihren Augen.

Entweder du entschuldigst dich jetzt sofort oder du läufst zur Strafe hundert Runden um die Eisbahn! Hundert Runden waren um die zehn

Kilometer, und auf jeder Runde musste sie über eine Treppe laufen. Sie musste sich entschuldigen, sie hatte keine Wahl. Dachte Mi-Hee Park. Yuna drehte sich wortlos um und lief los. Lief mit zusammengebissenen Zähnen und zählte die Runden, und ihre Mutter machte nach jeder Runde einen Strich im Trainingsblock. Es war ihr letzter großer Streit beim Training. Mi-Hee Park sah ein, dass ihre Partnerschaft nach dem alten Schema nicht mehr funktionierte.

Später wurde Yuna einmal gefragt, welchem Elternteil sie ähnlicher sei. Sie brach in Gelächter aus. „Ich bin wie meine Mutter." Dickköpfig bis auf die Knochen. Hartnäckig, ausdauernd, eigensinnig, unerbittlich sich selbst gegenüber, wenn es Hindernisse zu überwinden galt. Für Yuna waren die Schlittschuhstiefel zu einem fast unüberwindlichen Hindernis geworden.

Das Problem begann als sie vierzehn Jahre alt war und zog sich über beinahe zwei Jahre hin. Die Stiefel wurden vorzeitig weich. Das Leder warf Falten, die auf Gelenke und Knochenhaut drückten. Durch den Druck bei den Landungen verzogen sich die Metallschienen geringfügig, so dass sie nicht mehr exakt unter dem Körperschwerpunkt saßen. Die Stiefel gaben ihrem Körper nicht mehr den notwendigen Halt. Stiefel, die ein halbes Jahr halten sollten, hielten nur drei Monate, dann nur noch sechs Wochen und weniger. Ein Paar Schlittschuhstiefel kostete 1200 US Dollar. Sie mussten alles selbst bezahlen. Kein Mensch in Korea interessierte sich für Eiskunstlaufen.

Yuna sprang mit der Leichtigkeit einer Fee und einer Wucht beinahe wie ein Mann. Alle Läuferinnen der Welt verlangsamen das Tempo vor der schwierigen, zum Weltstandard zählenden Kombination aus zwei aneinandergehängten Dreifachsprüngen. Yuna Kim sprang sie ungebremst aus dem vollen Tempo heraus. Zwischen dem Absprung zum ersten Sprung und der Landung des zweiten lagen um die acht Meter.

Weil die Stiefel nicht richtig saßen, fuhren der Druck beim Absprung, die Fliehkräfte aus der Rotation bei der Landung in ihren Körper. Die Folge waren ständige Verletzungen an Sprunggelenken, Knien, Hüften, Wirbelsäule. Sie wurde Dauerpatientin der Chiropraktischen Klinik von Dr. Seong-Yeon Cho. Dr. Cho war ein gläubiger Katholik, durch ihn und andere Ärzte und Ordensschwestern in seiner Klinik kamen sie und ihre Mutter mit dem katholischen Glauben in Berührung.

Acht Jahre später erzählte sie davon in einem ganzseitigen Interview, das der Osservatore Romano, die amtliche Tageszeitung des Vatikans, anlässlich des Korea-Besuchs von Papst Franziskus mit ihr führte. „Für mich war das damals die schwerste Zeit meines Lebens und ebenso für meine Mutter. Wir bekamen in der Klinik soviel Trost, Ermutigung, Kraft von allen, dass wir begannen, über diesen Glauben nachzudenken. Und es gefiel mir, dass sie niemals versuchten, uns zum Übertritt zu ihrer Kirche zu überreden." Im Mai 2008 ließ sie sich auf den Namen Stella gemeinsam mit ihrer Mutter katholisch taufen.

Dr. Cho nahm kein Geld von ihr. Das Ausmaß der Behandlungen war so groß, dass das Familienbudget für die Kosten nicht gereicht hätte. Durch die permanenten Fehlbelastungen bei hohem Druck war ein Abschnitt ihrer Wirbelsäule um 3,8 Grad aus seiner Achse gedrückt worden.

Ständig tat der Rücken weh. Immer wieder musste sie wegen unerträglicher Schmerzen das Training abbrechen. Wenige Tage vor der Junioren-Weltmeisterschaft im März 2006 wollte sie ihre Teilnahme absagen. Nahm Schmerzmittel, stand Training und Wettkampf irgendwie durch und besiegte das japanische Wunderkind Mao Asada.

Der Tag, an dem sie den Eiskunstlauf in die Haushalte von 50 Millionen Koreanern bringen würde, bereitete sich vor.

In der Geschäftsführung der Kookmin Bank in

Seoul hatte man eine Idee. Warum nicht einmal eine begabte junge Sportlerin sponsern, deren Sportart kaum bekannt war? Außerdem war sie reizend und vielversprechend. Es wurde einer der besten Deals ihrer Unternehmensgeschichte.

Der erste Werbespot erschien im Fernsehen. Beinahe über Nacht verliebte sich eine Nation in einen fünfzehnjährigen Teenager mit Zahnspange.

Sie war natürlich, hatte Charme, verkörperte Fröhlichkeit, Aufrichtigkeit, Reinheit, Frische. Außerdem war sie zielstrebig, arbeitete hart und hatte Erfolg. Etwas Rührendes lag über den sich noch ausprägenden Zügen ihres zarten Gesichts. Sie war die perfekte Erscheinung, um ein Produkt sympathisch darzustellen.

Noch ehe sie im folgenden Herbst ihren ersten Grand-Prix Wettbewerb in der Seniorenklasse bestritt, kannten Millionen Koreaner ihr Gesicht und ihre Geschichte. Nahmen Millionen Koreaner an ihrem Leidensweg teil. Das Problem mit den Schlittschuhstiefeln war nicht gelöst. Jeden Tag trainierte sie unter Schmerzen. Bis wie durch ein Wunder, für das weder sie, noch ihre Mutter eine Erklärung fanden, ihre alten Schlittschuhstiefel plötzlich wieder richtig saßen. Gerade rechtzeitig vor ihrem ersten Start bei den Senioren-Läuferinnen im Oktober.

Ihr Rücken aber war stark geschädigt. Trotzdem erreichte sie im Dezember auf Anhieb das Grand Prix-Finale der sechs weltbesten Eiskunstläuferinnen der Saison. In der letzten Woche vor ihrer Abreise zum Finale in St. Petersburg waren die Rückenschmerzen fast unerträglich geworden. Sie lag im Behandlungsraum der Chiropraktischen Klinik unter den Händen des behandelnden Arztes – und unter den Kameraobjektiven von einem halben Dutzend Fernsehstationen. Was sie sagte, was sie plante, wie sie sich fühlte – alles wurde als Nachricht über die Medien ins Land getragen. Sie war die tüchtige, tapfere, schöne Tochter der Nation.

In St. Petersburg bekam sie jeden Abend auf dem Hotelzimmer von der eigens für sie mitgereisten koreanischen Physiotherapeutin eine Rückenmassage mit Eispackungen. Niemand wusste von den Schmerzmitteln, die sie nehmen musste. Doch als sie auf das Eis kam, sah jeder die hautfarbenen Bandagen in dem Ausschnitt ihres Kostüms, kreuz und quer über den ganzen Rücken, um ihn zu stabilisieren. Sie lief in einem hellblauen Seidenkleid zur Musik The Lark Ascending. Am Ende ihrer Kür gab es eine stehende Ovation. Vor ihrem ersten Start beim Grand Prix der Senioren hatte sie noch erklärt, wie sehr sie sich darauf freue, gegen alle die berühmten Läuferinnen anzutreten. Nun hatte sie sie alle besiegt. Die Lerche war aufgestiegen. Der stählerne Schmetterling war zu einem Vogel geworden.

Ein dreiviertel Jahr vorher war sie trotz ihres Sieges über Mao Asada freudlos und deprimiert gewesen. Die vielen Verletzungen, ständigen Schmerzen, endlosen Stunden in der Arztpraxis, auf Behandlungstischen der Physiotherapie, hatten sie innerlich ausgehöhlt. Yuna brauchte Luftveränderung. Mit ihrer Mutter brach sie für drei Monate zu einem Sommertraining nach Toronto auf.

In Toronto arbeitete der renommierte Choreograph David Wilson. Er sollte eine neue Kür für sie entwerfen. Der ehemalige Weltmeister Brian Orser, der zweimal bei Olympia die Silbermedaille gewonnen hatte, überwachte ihr Training. Er war der Skating Director des exklusiven Toronto Cricket Skating & Curling Clubs.

Von dem Koreanischen Eislaufverband erhielt David Wilson die seltsamste Aufgabe seines Berufslebens: Machen Sie Yuna wieder zu einer glücklichen Eisläuferin. Er nahm sich vor, sie beim Training zum Lachen zu bringen. Es dauerte eine Woche, bis sie zum ersten Mal lächelte.

„Sie war sehr schmal, beinahe schlaksig mit ihren langen Beinen, entzückend, aber sehr scheu und unglaublich ernst. Und dabei hatte sie eine solche Anmut, einen solchen Fluss in ihren Bewegungen und wundervoll weiche, klare Linien", schilderte er seinen ersten Eindruck. „Jeder sah sofort, was für ein außergewöhnliches Talent sie war."

David Wilson machte seine Späße, doch niemals versuchte er in die Zone einzudringen, die sie aus Schüchternheit als Schutz um sich herum aufgebaut hatte. Wenn sie sich begrüßten, stand sie anfangs gerade und steif vor ihm wie ein Telefonmast. Sie scheute die kurze sportkameradschaftliche Umarmung, wie sie unter Läufern und Trainern üblich war.

Brian Orser sah bei ihr „ alles Talent der Welt, um ein großer Champion zu werden". Doch sie wirkte gedrückt. Training war für sie Arbeit. An manchen Tagen kam sie ihm vor wie eine zornige Eislauf-Maschine. Jeden Tag arbeiteten sie zusammen. Weil Yuna kein Englisch sprach, deutete er lediglich mit Bewegungen an, was er ihr vermitteln wollte. Sie musste lernen auf ihren Körper zu hören, ihrem Rhythmus und ihrem Gefühl zu vertrauen. Sie begriff, dass sie bei David und Brian, immerhin nannte sie sie bei ihren Vornamen,

Nuancen in der Technik und im Ausdruck lernte, von denen sie noch nichts gewusst hatte. Orser verstand, wie sie eislaufen wollte, unterstützte sie dabei, machte Vorschläge, und sie nahm sie an.

Von Tag zu Tag fühlte sie sich freier. Allmählich kam eine neue, ihre wahre Persönlichkeit zum Vorschein. Ein heiteres, ausgelassenes Kind. Bei der Erarbeitung der Choreographie mit Yuna begriff Wilson, wie groß und intensiv die Gefühle waren, die in ihr nach Ausdruck verlangten – und entdeckte die Künstlerin in ihr. Er choreographierte ein lyrisches, inniges Stück für sie, das genau ihrer Persönlichkeit zu jener Zeit entsprach. The Lark Ascending.

Die Eislaufwelt liebte es. Yuna liebte es. Doch sie dachte nicht gerne daran zurück. Es war ein sehr schwieriges Stück. Ihre Arme sollten wie Flügel sein. Ständig in Bewegung, entzogen sie ihrem Körper ein Höchstmaß an Sauerstoff. Um dieses Stück perfekt zu laufen, hätte sie in Höchstform sein müssen. Stattdessen war sie ständig verletzt und hatte Trainingsrückstand.

Bei der Weltmeisterschaft im März 2007 in Tokyo lief sie es zum letzten Mal. Tags zuvor hatte sie mit ihrem Kurzprogramm Tango de Roxanne die Eislaufwelt in Brand gesteckt. Für die meisten war es das beste Kurzprogramm, das jemals von einer Frau gezeigt worden war. Sie war sechzehn Jahre alt. Wegen eines verschobenen Rückenwirbels war sie mit Trainingsrückstand und Schmerzmitteln angetreten. In der Kür stürzte sie zweimal, weil sie noch nicht genug Kondition hatte. Statt Gold gewann sie die Bronzemedaille. Hinter den Japanerinnen Miki Ando und Mao Asada.

Ein Vierteljahr später zogen sie und ihre Mutter von Seoul für drei Jahre nach Kanada. Der Toronto Cricket Skating & Curling Club wurde ihre neue Eislauf-Heimat. Brian Orser ihr neuer Trainer. Ihre letzte Station vor Olympia. Vancouver. war noch 4000 Kilometer und drei Jahre entfernt.

Yuna fühlte sich wohl in Toronto, doch sie sehnte sich nach Korea. Ihr Abschied war auch eine Flucht gewesen. Das Leben in Korea hatte sich für sie total verändert. Bei ihrer Rückkehr von der Weltmeisterschaft in Tokyo, wurde sie nicht nur von einer Menschenmenge erwartet, sondern auch von Fernsehteams, einem Heer von Fotografen und Zeitungsreportern aus dem ganzen Land. Sicherheitssoldaten mit Barett und Sonnenbrille geleiteten sie links und rechts in Zweierreihe aus dem Flughafen Incheon. Sie konnte keinen Schritt mehr unerkannt durch Seoul machen.

Ein Jahr später war sie bei der Weltmeisterschaft

abermals verletzt. Eine eingerissene Sehne und eine Entzündung am Hüftgelenk. Eine Woche vor dem Wettkampf war nicht sicher, ob sie überhaupt antreten könnte. Trotzdem gewann sie wieder die Bronzemedaille. Weltmeisterin wurde Mao Asada.

Yuna Kim kehrte für einige Wochen nach Korea zurück. Nicht allein ihre Welt in Korea hatte sich verändert, sondern auch sie selbst. Koreas kleine Schwester war Queen Yuna geworden. Zu offiziellen Anlässen erschien sie im schwarzen Business-Kostüm und weißer Bluse. Offizielle Anlässe waren Einweihungen, ein Vortrag, eine Geschäftsbesprechung. Oder wenn sie von irgendeiner Organisation wieder einen Preis für ihre Verdienste um Korea bekam.

Der Werbespot der Kookmin Bank hatte sie nicht nur in die Wohnzimmer gebracht, sondern auch auf die Titelseiten von Magazinen. Vogue, Cosmopolitan, Elle, Harpers Bazaar. Und in die Führungsetagen großer Unternehmen. Sie war die neue Werbe-Ikone Koreas.

Im Straßenbild von Seoul war ihr Gesicht allgegenwärtig. Es leuchtete auf Litfass-Säulen, in den Glashäuschen der Bushaltestellen, auf Plakaten an Lichtmasten, von Linienbussen. Die Songs in ihren Werbespots sang sie selbst. Sie hatte eine erstaunlich gute Stimme und sang mit

Koreanischen Pop-Stars wie IU oder Taeyeon auf der Bühne. Mit ihrer Erscheinung, ihrem Image, ihrem Gesicht verkauften sich Kühlschränke, Klimaanlagen, Mobiltelefone, Schmuck, Sportbekleidung, Autos, Teddybären, Mode…

Ein Produzent von Milchprodukten steigerte nach einer Werbekampagne mit ihr seinen Verkauf von täglich 50 000 Packungen fettarmer Milch innerhalb kurzer Zeit auf 450 000 Packungen[1]. Die über das Internet in die Welt gesetzte Behauptung, sie tränke gerne Bananen Milchshakes, hatte in den Tagen danach im ganzen Land eine Nachfrage nach Bananen Milchshakes zur Folge. Das internationale Wirtschaftsmagazin Forbes taxierte ihre Werbe-Einkünfte auf etwa sieben Millionen Dollar im Jahr.

Für koreanische Frauen war eine neue Ära von Freiheit und Unabhänigkeit angebrochen. 2008 schickte Korea zum ersten Mal einen Kosmonauten ins All. Dr. Soyeon Yi – eine Frau. Aus dem Orbit telefonierte sie zweimal in Live-Schaltungen des Fernsehens mit koreanischen Erdenbürgern – Staatspräsident Lee und Yuna Kim.

Doch noch immer war sie nicht Weltmeisterin geworden. Brian Orser musste sich fragen lassen, ob zwei Bronzemedaillen für ein Talent wie sie nicht ein bisschen wenig seien. Er sagte: „Niemand hier weiß, wie gut sie wirklich ist. Ihr habt sie immer nur verletzt gesehen. Wenn sie nicht verletzt ist und in Form ist, dann ist sie göttlich."

Bei der Weltmeisterschaft im März 2009 in Los Angeles war sie gesund und in Form und göttlich.

Sie hatte ein Heimspiel in der Fremde. Das Staples Center, wo die Wettbewerbe stattfanden, lag in direkter Nachbarschaft zu Korea Town.

Alle Eiskunstläufer fürchten das Kurzprogramm, weil in ihm kein Fehler ausgeglichen werden kann. Eine eiserne Regel besagt, im Kurzprogramm kann man einen Wettbewerb verlieren, aber nicht gewinnen. Yuna Kim stellte mit ihrem Danse Macabre von Saint-Saëns im Kurzprogramm mit 76,12 Punkten einen nicht für möglich gehaltenen Weltrekord auf. Sie hatte die eiserne Regel gebrochen. Scott Hamilton, der amerikanische Olympiasieger von 1984, sagte als Fernseh-Kommentator, sie könne bei der Kür die letzte Minute weglassen und würde immer noch Weltmeisterin werden. Die Kür lief sie zur Suite Scheherazade von Rimskij-Korsakow.

Am Ende hatte sie mit 207,71 Punkten als erste Eiskunstläuferin die Schallmauer von 200 Punkten durchbrochen. Der Abstand von der Zweitplatzierten zur Viertplatzierten betrug 3,20 Punkte, zur Drittplatzierten 0,91 Punkte. Zur Siegerin 16,42 Punkte. Der Moderator des amerikanischen Fernsehsenders erklärte, dies sei kein Eislauf-Wettbewerb gewesen, sondern eine Krönungsmesse.

Bei der Koreanischen Nationalhymne rollten ihr auf dem Siegespodest die Tränen über das Gesicht. Ihr Staatspräsident Myun-bak Lee rief sie auf dem Handy an, um ihr zu gratulieren. Er erklärte, Yuna Kim sei mit ihrer Leidenschaft und ihrer Beharrlichkeit, ein großes Ziel zu verfolgen, eine Hoffnungsträgerin des ganzen Landes in schwieriger Zeit.

Die Republik Korea nach dem Krieg und der Diktatur – eine junge, moderne Nation mit einer Jahrtausende alten Kultur. Erfolge auf der Weltbühne waren identitätsstiftend. Ob auf der Weltbühne der Technik oder Musik, des Films oder Sports. Für einen Tag verdrängte Yuna Kims Weltmeistertitel den bevorstehenden Raketentest in Nordkorea vom ersten Nachrichtenplatz.

Am 7. August des folgenden Jahres kehrte sie als Olympiasiegerin nach Los Angeles zurück. Der Stadtrat von Los Angeles hatte einstimmig den Antrag seiner großen Koreanischen Gemeinde angenommen, den 7. August für die Metropole offiziell zum Yuna Kim Day zu machen. Sie wurde Ehrenbürgerin von Los Angeles und erhielt den

Proud Korea Award von der Korean American Leadership Foundation. Bei der Ehrung trat sie so auf wie stets, wenn sie irgendwo im Mittelpunkt stand und wie sie sich bezeichnete, wenn sie wieder einmal auf ihr Aussehen angesprochen wurde: „Ich finde, ich bin das typische Mädchen von nebenan.“ Natürlich war das auch ein Schutz. Doch es war keine Pose.

Die Weltmeisterschaft von Los Angeles war außerdem der Beginn einer Geschichte, die Scheherazade erfunden haben könnte.

Yuna Kim begegnete zum ersten Mal ihrem Kindheits-Idol Michelle Kwan. Erst jetzt erfuhr Michelle Kwan, was sie für Yuna bedeutete. Sie ließen sich zusammen fotografieren und waren beide stolz aufeinander. Einige Monate später stand Michelle Kwan, sechs Jahre nach ihrem letzten von fünf Weltmeistertiteln, wieder auf dem Eis. In Yuna Kims Eis-Show in Seoul. „Ich habe die Ehre und die Freude Ihnen jetzt meine Freundin anzukündigen“, sagte sie über ein Mikrophon zu den 10 0000 Zuschauern im Eispalast, „Koreas einzige Yuna Kim“. Yuna Kim kam auf das Eis und sie begannen gemeinsam einen Showtanz.

Ein Jahr später trainierte Yuna Kim nach ihrer Trennung von Brian Orser für eine Saison im East-West Ice Palace in Torrance bei Los Angeles.

Er gehörte Michelle Kwans Familie. Ihr neuer Trainer Peter Oppegard, der als Paarläufer eine Olympiamedaille gewonnen hatte, war Michelle Kwans Schwager. Yuna hatte mit ihm bereits als Zehnjährige bei ihrem ersten Sommertraining in Kalifornien trainiert.

Soweit Scheherazade.

Die Realität hingegen hatte etwas Beängstigendes: Für Yuna Kim gab es bei den Olympischen Spielen in Vancouver keine Silbermedaille.

Nur zweimal waren Eiskunstläuferinnen als so gut wie unschlagbare Favoritinnen bei Olympischen Spielen angetreten. Die Amerikanerin Peggy Fleming vor 42 und die Norwegerin Sonja Henie vor 74 Jahren.

Yuna Kim begann die Olympiasaison gleich mit neuen Weltrekorden in der Kür (133,95) und im Gesamtergebnis (210,06). Vier Wochen später, stellte sie bei ihrem zweiten Wettbewerb im Kurzprogramm den dritten Weltrekord auf (76,24). Bei der Kür aber stürzte sie, lief verunsichert und lieferte die schwächste Wettkampfleistung ihrer bisherigen Karriere ab. Den Wettbewerb gewann sie trotzdem, doch es war nur eine Randnotiz.

Der Superstar ist nervös geworden, tuschelte man in der Eislaufwelt. Sie hält den Druck nicht aus. 50 Millionen Koreaner erwarteten nichts anderes von ihr als die Goldmedaille, ebenso Weltunternehmen, mit denen sie millionenschwere Werbeverträge hatte, Millionen Fans in aller Welt.

Möglicherweise war sie jedoch, gesteuert vom Unterbewusstsein, bloß aus dem Hamsterrad gesprungen, bis Olympia von einem Weltrekord zum nächsten laufen zu müssen. Kurz vor Weihnachten sagte sie in einem Fernseh-Interview mit der New York Times: „Vielleicht kann man sagen, dass der Himmel entscheiden wird, wer die Goldmedaille gewinnt. Darum werde ich, wie es auch ausgehen mag, bereit sein, es anzunehmen. Selbst wenn ich nicht die Goldmedaille gewinnen sollte, würde ich......“ Sie machte eine kleine Pause. „...nicht zu sehr enttäuscht sein.“ Seit Monaten hatte sie sich damit auseinandergesetzt, dass sie möglicherweise nicht gewinnen würde, dass es nicht in ihrer Hand allein läge, ob sie an jenem Abend die Heldin sein würde.

Bei ihrer Ankunft in Vancouver wurde sie von Sicherheitskräften durch eine Menschenmenge geleitet. Rund 300 Reporter, Fotografen, Fernsehteams aus aller Welt erschienen am folgenden Tag zu ihrer Pressekonferenz. Ein dutzend Fernsehteams filmten ihr erstes Training. Ihr innerer Lebenskreis indessen blieb geschlossen.

Er öffnete sich erst, als mit dem Kurzprogramm ihr Kampf um den Olympiasieg begann.

Die Auslosung hatte ergeben, dass Mao Asada unmittelbar vor ihr laufen musste. Sie war die einzige, die Yuna Kim besiegen konnte, sollte sie unter dem Erwartungsdruck straucheln. Mao Asada wurde von der russischen Trainer-Legende Tatjana Tarasowa trainiert und betreut. Eine Walküre in Pelz, die in dreißig Jahren mehr als ein Dutzend Läuferinnen und Läufer zu Olympiasiegen geführt hatte; zuletzt vor vier Jahren die Japanerin Shizuka Arakawa. Es war unvermeidbar, dass Yuna Kim vor ihrem Auftritt die Reaktion des Publikums und die Punktzahl ihrer gefährlichsten Gegnerin mitbekam.

Mao Asada setzte Yuna Kim ein perfektes Kurzprogramm vor die Nase. Das beste ihrer Karriere. Ihre Wertung von 73,78 Punkten lag nur zweieinhalb Punkte unter dem Weltrekord. Ein koreanischer Alptraum war Realität geworden. Für den psychologischen Vorteil, aus der Spitzenposition in die Kür zu gehen, musste Yuna Kim jetzt in die Nähe ihres Weltrekords laufen. Mit 50 Millionen Koreanern auf den Schultern.

Sie lief nach einen Medley aus James-Bond-Filmen. Und ob sie ein Bond-Girl war! In der Schlusspose streckte sie bei zusammengelegten

Händen die Arme aus, als hielte sie eine Pistole, zog sie vor die Brust und blies lächelnd den Rauch von der Mündung. Sie verbesserte ihren Weltrekord um mehr als zwei Punkte auf 78,50 Punkte. Die 50 Millionen Koreaner auf ihren Schultern hatte sie gar nicht gespürt.

Die Vancouver Sun veröffentlichte am folgenden Tag auf der Titelseite ein Photo, auf dem sie Augenblicke, bevor sie auf das Eis musste, grinsend zu ihrem Trainer Orser hinüber sah. Wochen später erzählte sie die Geschichte dazu. „Ich hatte mich innerlich darauf vorbereitet, dass Mao ein perfektes Programm laufen würde. Als sie durch war, machte ihre Trainerin Tarasowa an der Bande ein Riesentheater. Das ist üblich bei Trainern. Doch als sie mich bemerkte, übertrieb sie es, jubelte noch lauter und riss die Arme hoch. Ich wusste, dass sie mich bloß nervös machen wollte. Und da musste ich lachen.“

Nach der Rückkehr ins Hotel sagte sie zu ihrer Mutter: „Mama, Olympische Spiele sind gar nicht so eine riesige Angelegenheit, wie sie alle immer sagen.“ Sie war selbst erschrocken. Wie konnte sie so etwas sagen? Doch es war die Wahrheit. Sie hatte überhaupt nicht an die Goldmedaille gedacht und nicht einmal die in das Eis gemalten Olympischen Ringe gesehen, auf denen sie stand.

In der Eislaufwelt wurde von Beginn an ihre Wettkampfstärke gerühmt, bewundert, gefürchtet. Fragte man sie, wie es ihr jedes Mal gelänge, ihre Nerven auch unter größtem Druck unter Kontrolle zu halten, sagte sie: „Ich glaube, ich bin so geboren worden."

Im übrigen war sie in einer körperlichen Verfassung wie niemals zuvor. Sie spürte es jeden Tag. Seit Wochen flog sie beim Training nur so über das Eis dahin. Niemand außerhalb ihres Kreises wusste von der Knöchelverletzung vier Wochen vor ihrem Start. Für zwei Wochen war geregeltes Training unmöglich. Sie sorgte sich nicht. Ihr Selbstvertrauen war grenzenlos.

In der Kür waren die Rollen vertauscht. Yuna Kim lief unmittelbar vor Mao Asada. Am frühen Abend des 25. Februar. In Korea war schon ein anderer Tag, und nun war es genau 13.21 Uhr.

In Schulturnhallen, auf öffentlichen Plätzen, in Parks, in Wohnzimmern, Shopping Malls, Sportstadien, Kasernen, Büros starrte ein Volk vereint der Erfüllung eines Traums entgegen. Das Koreanische Internetportal Daum registrierte fünf Millionen Clicks von Leuten, die über das Netz Yuna Kims Kür miterleben wollten, 440 000 kamen nahezu gleichzeitig in der Minute, in der ihre Kür begann. An der Börse von Seoul ging der

Wertpapierhandel schlagartig für eine Viertelstunde um fünfzig Prozent zurück[2].

Vier Minuten und zehn Sekunden nach dem ersten Takt von Gershwins Klavierkonzert in F und einem Lächeln über ihre Schulter stieß Yuna Kim auf dem Eis die Arme in die Höhe. Sie lief zur Mitte der Eisfläche, hielt mit beiden Händen ihren Kopf umfasst, schluchzte, lachte, Tränen liefen ihr über das Gesicht. Vorbei! Zwölf Jahre hatte sie für diesen Tag gelebt. Für Augenblicke war sie außer sich. Euphorie, Fassungslosigkeit über sich selbst und grenzenlose Erleichterung.

Auf den Tribünen standen sie vor ihren Sitzen, klatschten, kreischten, schwenkten Fahnen. Der Moderator des amerikanischen Fernsehsender NBC sagte: „Long live the Queen!" Eine Jahrhundertkür!

Den Preisrichtern war die Entscheidungshoheit aus der Hand genommen. Sie waren bloß noch das Vollzugspersonal eines großen olympischen Moments. Im übrigen funktionierten sie und fügten dem Überwirklichen, das auf dem Eis geschehen war, mit ihrer Wertung einen unwirklichen Augenblick hinzu. 150,06 Punkte in der Kür und 228,56 Punkte im Gesamtergebnis wirkten als Ergebnis so irrational, wie die Vorstellung, Usain Bolt hätte in einem 100 Meter-Rennen seine Gegner überrundet.

Staatspräsident Myun-bak Lee gratulierte ihr im Fernsehen und dankte ihr. Der Dichter Yearn-hong Choi forderte in der Korea Times seine Landsleute auf, die Einigkeit, mit der sie hinter Yuna Kim gestanden hätten, in Wirtschaft und Politik fortzusetzen.

Kommentatoren suchten nach dem Highlight ihres Vortrags, ehe der Olympiasieger und viermalige Weltmeister Scott Hamilton ihre Suche beendete: „Das Highlight beginnt, wenn die Musik beginnt und es endet, wenn die Musik endet." Michelle Kwan erklärte, Yuna Kim habe in den sechseinhalb Minuten von Vancouver (zweieinhalb im Kurzprogramm, vier in der Kür) das Gesicht des Eiskunstlaufs für immer verändert. „Sie braucht nur eine kleine Bewegung zu machen und schon sitzt du auf der Stuhlkante", erklärte die Olympiasiegerin von 1992 Kristi Yamaguchi, die selbst eine der großen Stilistinnen des Eiskunstlaufs war.

Worin lag das Geheimnis dieser perfekt ausbalancierten Synthese von Anmut, Ausdruck, Athletik? Ein Mode-Stylist aus Seoul, der für ein Kostüm ihre Maße genommen hatte, bestätigte die allgemeine Auffassung, dass ihre langen Arme und Beine ihre Sprünge noch größer und eleganter, ihre Armbewegungen noch sanfter und fließender erscheinen ließen als sie ohnehin seien und unterfütterte diese Tatsache mit Zahlen: 1,64 Meter groß, betrug bei ihr der Abstand von der Hüfte bis zu den Fußknöcheln 96 Zentimeter, beinahe das Doppelte ihrer Rumpflänge von 50 Zentimetern. Schon bei einem Verhältnis von 4,5:5,5 spräche man in der Modebranche von langen Beinen. Normalerweise entspricht die Spannweite der Arme in etwa der Körpergröße. Ihre Arme waren 68 Zentimeter lang. Bei einer Schulterbreite von 46 Zentimetern ging ihre Spannweite nahezu 20 Zentimeter über ihre Körpergröße hinaus[3].

In einer Online-Abstimmung des Eiskunstlauf-Verbands der USA wurde Yuna Kim zur größten Eiskunstläuferin der Geschichte gewählt. Vor den englischen Eistänzern Jayne Torvill/Christopher Dean mit ihrem legendären Bolero und der dreimaligen Olympiasiegerin Sonja Henie.

Das Magazine TIME nahm sie in ihre Liste der 100 einflussreichsten Persönlichkeiten des Jahres auf und lud sie zur Gala nach New York ein. Zusammen mit Bill Clinton und Lady Gaga.

Die Kookmin Bank musste nach ihrem Olympiasieg umgerechnet knapp über eine Million US Dollar Prämien an ihre Kunden ausschütten. Sie hatte vor Olympia das Sparprogramm

„Figure Skating Queen Yuna Love“ aufgelegt. Teilnehmer würden im Falle von Yuna Kims Olympiasieg 0,5 Prozent mehr Zinsen erhalten. Über 130 000 Konten waren eröffnet worden. Die Bank konnte den Kapitalabfluss verkraften. Nach dem Olympiasieg ihres Schützlings und Geschäftspartners registrierte sie innerhalb einer einzigen Woche Neueinlagen in Höhe von 54 Milliarden Won (umgerechnet rund 45 Millionen US Dollar)[4].

Auf dem Siegespodest und als der letzte Ton der Koreanischen Hymne verklungen war, brach für Yuna Kim eine neue Wirklichkeit an. Ihr Leben brauchte neue Ziele, neue Inhalte.

In derselben Nacht, in der sie bei einer kleinen Feier mit ihren Eltern, Trainer, Choreographen und wenigen anderen, die zu ihrer Welt gehörten, eine Dankesrede hielt und dabei in Tränen ausbrach, telefonierte in Washington Hillary Clinton mit ihrer Tochter Chelsea. Sie sprachen über Yuna Kim und das Wunderbare, das sie gerade im Fernsehen aus Vancouver gesehen hatten. Am nächsten Morgen begrüßte Hillary Clinton ihren Amtskollegen, den koreanischen Außenminister Myung-hwan Yu und gratulierte ihm vor laufenden Fernsehkameras zu der großartigen Leistung von Yuna Kim, auf die Korea stolz sein könne.

Natürlich stand es in Korea in den Zeitungen.

Yuna Kim bedankte sich bei Hillary Clinton mit einem handgeschriebenen Brief in ihrer Schriftsprache Hangul und schrieb, wie sehr ihr Lob sie berührt habe. Zu wissen, dass ihre Gedanken mit ihr seien, sei eine große Motivation für sie.

Sie sei voller Staunen und Hochachtung über die Anmut und die Athletik gewesen, mit der sie Olympiasiegerin geworden sei, schrieb Hillary Clinton nur wenige Tage später in einem persönlichen Brief zurück. „Es hat mich sehr berührt, von Ihrem großzügigen Beitrag zu erfahren, die Leiden auf Haiti zu lindern. Vielen Dank, dass Sie Frauen und Mädchen, wo immer sie leben, mit Ihrer Leidenschaft und Hingabe an ihre Kunst und der Bescheidenheit, mit der Sie der Gemeinschaft dienen, ein Vorbild sind.“ Sie hatte gehört, dass Yuna Kim 100 000 US Dollar für die Erdbebenopfer auf Haiti gespendet hatte.

Eineinhalb Jahre später, im Oktober 2011, lud Hillary Clinton als US-Außenministerin anlässlich des Staatsbesuchs des Koreanischen Präsidenten in den USA Yuna Kim zu einem offiziellen Lunch mit der Koreanischen Delegation und US Vize-Präsident Biden ins State Department ein. Vor dem Defilee der Gäste ließen sie sich zusammen fotografieren.

Nach dem Lunch flog sie direkt nach Boston, um an einem Schaulaufen teilzunehmen, das die Harvard Universität jedes Jahr durchführte und dessen Erlös für ein Krebshilfe-Institut bestimmt war. Kurz zuvor war sie als Botschafterin der Olympischen Jugendspiele in Lausanne gewesen, hatte ein Promotion-Video für die Special Olympic Games für geistig Behinderte produziert. Auch für sie war sie die Botschafterin. Auf dem Eis hatte sie Trainingsstunden mit behinderten Eisläufern abgehalten. Bei der Eröffnungsfeier der Special Olympics begleitete sie, zwei ihrer Sportler an der Hand, Aung San Suu Kyi bei ihrer Eröffnungsrede.

Auf ihrem Weg zu sich selbst, übermittelte sie nun nicht mehr allein Werbebotschaften für Industrieprodukte, sondern war eine Botschafterin für Ideen und weltweite Hilfsprojekte, die sie selbst mit Spenden unterstützte.

„Allen Kindern auf der Welt ein besseres Leben zu ermöglichen, ist eine viel schwierigere Aufgabe, als einen Weltmeistertitel zu gewinnen. Beide Ziele verlangen Hingabe und Verpflichtung“, erklärte sie als neue Goodwill Botschafterin des Weltkinderhilfswerks Unicef in einem Saal der UNO in New York.

Neue Ziele, neue Inhalte. Sie hatten sich längst in ihr vorbereitet. Wenige Wochen nach Abschluss ihres ersten Sponsoring-Vertrages 2006 stiftete die Sechzehnjährige 10 000 Dollar als Stipendium für sechs junge Eiskunstläufer. Kurz darauf noch einmal 8 000 Dollar für eine bestimmte Läuferin. Im selben Jahr und im Jahr darauf jeweils 100 000 Dollar für Schuluniformen, die an Kinder aus armen koreanischen Familien gingen, 120 000 Dollar für früh an Krebs erkrankte Kinder und Kinder mit seltenen Krankheiten. Besuchte Kinder in Krankenhäusern, spielte den Weihnachtsmann, beschenkte sie.

Ihre koreanischen Fan Clubs listeten alles im Internet auf – soweit es überhaupt bekannt geworden war. Bis zum Jahresbeginn 2010 waren 1,7 Millionen Dollar an Spenden bekannt geworden. Zu ihrem 20. Geburtstag sammelten ihre Fans selbst Geld und schenkten es Yuna als Spende für Unicef: fast 30 000 Dollar.

Wo ein erschütterndes Unglück geschehen war, traf fast immer ein in Dollar fünf- oder sechsstelliger Spendenscheck von ihr ein: Beim Taifun Haiyan, der die Philippinen verwüstet hatte, dem Untergang des koreanischen Fährschiffs Sewol mit 302 Opfern, Hochwasser in Pakistan, Erdbeben und Tsunami in Japan, Erdbeben in Nepal Eine Botschafterin der Mitmenschlichkeit, außerdem eine engagierte Aktivistin. In einer Video-

Botschaft zum Internationalen Friedenstag der UNO erklärte sie: „Gemeinsam können wir das Leben von Kindern überall auf der Welt verbessern. Ich stehe dafür ein. Und Sie?“

Bei der Olympiabewerbung von Pyeongchang um die Olympischen Winterspiele 2018 stand sie 2011 für ihr Land ein. „Vor meiner Rede vor dem IOC in Durban war ich so nervös, dass ich glaubte mein Herz würde platzen. Bei meinen Wettbewerben ging es immer nur um mein persönliches Ergebnis, jetzt aber ging es um Korea. Ich dachte, wenn du nur den kleinsten Fehler machst, kannst du die ganze Bewerbung verpatzen.“ In einer Umfrage in Korea, wer den größten Einfluss gehabt hatte, dass Pyeongchang die Spiele bekam, landete sie mit 46,5 Prozent auf dem ersten Platz[5]. Vor ihrem Staatspräsidenten. Seit jener Rede vor dem Internationalen Olympischen Komitee gilt sie als künftige Sport-Diplomatin und wurde Botschafterin für Olympia Pyeongchang.

Doch die große Willkommens-Party für die siegreiche Olympia-Delegation musste ohne sie stattfinden. Seit ihrer Hommage an Korea bei der Weltmeisterschaft vier Monate zuvor, war ihr Leben ein Dauerlauf von Termin zu Termin, von Auftritt zu Auftritt gewesen. Von der Olympia-Mission kehrte sie krank und geschwächt nach Korea zurück. Zum ersten Mal gab es Fotos von ihr, auf denen sie müde und elend aussah. Sie vertieften das Bild von einer jungen Frau, die in den Köpfen nur als Lichtgestalt schwebte. Einmal sagte sie: „Manchmal erkläre ich Leuten, dass auch ich manchmal müde und erschöpft bin wie jeder andere. Meistens höre ich dann, schwach und verletzlich, das bist doch nicht du. Und dann fehlt mir die emotionale Unterstützung, die ich mir gerade wünsche. Und manchmal brauche ich sie."

Es war einmal ein kleines Mädchen mit einem großen Traum, und es lebte in einem Land, das sich für das, wovon sie träumte, überhaupt nicht interessierte.

Im März 2013 wurde Yuna Kim in Kanada zum zweiten Mal Weltmeisterin. Nach einer Wettkampfpause von nahezu zwei Jahren. Außerhalb ihres inneren Kreises wusste kein Mensch, wie schwer ihr der Entschluss gefallen war, doch noch einmal bei einer Weltmeisterschaft und bei Olympischen Spielen anzutreten. „Die beiden Saisons vor den Spielen in Sotschi waren die schlimmste Zeit meiner Karriere. Nachdem ich mein Comeback angekündigt hatte und ins Training zurückgekehrt war, fand ich einfach nicht mehr die richtige Motivation. Es war eine schwierige Zeit.

In meinem Körper, wie in meinem Kopf. Seit ich ein kleines Mädchen war, hatte für mich immer festgestanden, dass ich nach Olympia in Vancouver niemals wieder zu einem Wettkampf antrete. Bis zum Ende meines Lebens nicht."

Sie war immer noch ein stählerner Schmetterling und wurde zum zweiten Mal Weltmeisterin. Der Abstand von der Zweitplatzierten zur Drittplatzierten betrug 1,42 Punkte. Von der Zweiten zu Yuna Kim 20,42 Punkte. Es war beinahe wie vor vier Jahren in Vancouver. Wie damals die Vancouver Sun, so traf dieses Mal die Neue Zürcher Zeitung mit ihrer Headline den Nerv des Geschehens: Die Rückkehr einer Überirdischen.

In der folgenden Olympiasaison gab die Internationale Eislauf Union die klare Linie ihrer bisherigen Wertungsmaßstäbe auf, was eine allgemeine und signifikante Erhöhung der Punktzahlen zur Folge hatte. Auf diese Weise konnte die Lücke zu den Rekordpunktzahlen von Yuna Kim ein wenig geschlossen werden. In Sotschi wurde sie dann zugunsten einer Russin um ihren zweiten Olympiasieg betrogen. Doch das war, wie schon der Weltmeistertitel im Jahr zuvor, nur noch eine Fußnote auf ihrem Weg zu sich selbst.

„Die letzte Spur, die ich auf dem Eis hinterlasse, soll schön sein." Ihr Wunsch ging in Erfüllung.

Insgesamt 40 Wettbewerbe hatte sie in ihrer Karriere bestritten. Bei jedem stand sie am Ende auf dem Siegespodest. Drei Mal als Dritte, sieben Mal als Zweite, 30 Mal ganz oben. Siegquote 75 Prozent. Sie sagte, man solle sich später nicht so sehr an ihre Medaillen erinnern, sondern an das, was sie auf dem Eis gezeigt habe. „Und einfach nur sagen, da war einmal eine Eiskunstläuferin Yuna Kim."

[1] Chosun Ilbo
[2] Yonhap
[3] The Chosunilbo
[4] The Korea Times
[5] Korea Gallup, Joongang Daily

Uwe Prieser

Die Mauer von Geraardsbergen

Roman – 257 Seiten – Hardcover – 19,90 Euro
Verlag Kleine Fische

Uwe Prieser hat einen ganz wunderbaren Sportroman geschrieben.
Rainer Moritz, Literaturhaus Hamburg

Mit diesem Sportroman hat Uwe Prieser ein Buch vorgelegt, das das altmodische Prädikat „packend“ und das Gelbe Trikot in der Literatursaison 2014 durchweg verdient. Aber geht es nur um den Sport oder ist das Rennen nur die Plattform der immer wiederkehrenden menschlichen Konflikte? Beides ist richtig.
Thomas Kügler, Harz Kritiker

Prieser erzählt meisterhaft die Geschichte dieses Radrennens, das selbst einen Leser in bequemer Sitzhaltung auf dem heimischen Sofa in Atem hält.
Uwe Dammann, Weser Kurier Bremen

Prieser hat das komplexe, tiefgründige Wesen des Radsports ergründet und versteht es wunderbar, den Leser in diese Welt mitzunehmen.
Magazin TOUR